LE MARIAGE
CLANDESTIN
COMEDIE
EN CINQ ACTES.

Repréſentée au Théâtre Royal de Drury-Lane en
1766 ; par les Comédiens de Sa Majeſté
Britannique.

C O M P O S É E,
Par Meſſieurs GARRICK & COLMAN.

Traduite de l'Anglois, ſur la troiſieme édition.

Le prix eſt de trente ſols.

A P A R I S,
Chez LE JAY, Libraire, Quai de Gêvres,
au Grand Corneille.

M. DCC. LXVIII.
Avec Approbation & Permiſſion.

(2)

AVERTISSEMENT.

A Mr de Monsieur Garrick & de Monsieur Colman, je m'étois amusé à traduire leur ouvrage, sans dessein de faire aucun usage de ma traduction. Mais ayant lû dans l'Avant-coureur que l'on donnoit à la Comédie Italienne, une Piece de Monsieur Garrick, le titre me fit penser que ce pouvoit être le Mariage Clandestin. Là représentation m'a désabusé. Pour mettre le Public en état de juger du peu de ressemblance des deux ouvrages & l'assurer que ni Monsieur Colman, ni Monsieur Garrick, ne sont Auteurs de la Piece jouée le 4 Juin 1768 à la Comédie Italienne, je fais imprimer ma traduction. Je ne sçai quel accueil le Mariage Clandestin auroit eu en France, mais son succès a été très-brillant à Londres. La Piece a produit à ses Auteurs mille livres sterling.

ACTEURS.

MYLORD OGLEBY, *Vieillard décrépit, qui veut cacher ses années. Espece de Petit-Maître dans le goût Anglois, croyant toutes les femmes amoureuses de lui.*

SIR JOHN MELVIL, *Neveu de Mylord Ogleby.*

STERLING, *Riche Marchand de la Cité.*

Mr. LOVEL, *Parent de Mylord Ogleby, apprenant le commerce chez Monsieur Sterling.*

CANTON, *Suisse, lecteur de Mylord Ogleby.*

LA BROSSE, *Valet de chambre de Mylord Ogleby.*

TROIS NOTAIRES.

MISTRISS HEIDELBERG, *Sœur de Monsieur Sterling. Femme très-riche, très-entêtée de la noblesse, affectant la prononciation des Dames de la Cour, & mêlant de grands airs à son tatillonnage bourgeois.*

MISS STERLING, *Fille aînée de Monsieur Sterling.*

MISS FANNY, *Fille cadette de Monsieur Sterling.*

TRUSTY, *Femme de charge.*

NANCY, BETTY, *Femmes de chambre.*

QUELQUES VALETS.

La Scene est à la Campagne chez Monsieur Sterling.

LE MARIAGE
CLANDESTIN.
COMÉDIE
EN CINQ ACTES.

ACTE PREMIER.

Le Théâtre repréſente une Salle.

SCENE PREMIERE.

MISS FANNY, *entre par une porte,* & BETTY, *par l'autre.*

BETTY, *accourant.*

Madame.... Miſſ Fanny.... Madame....

FANNY.

Qu'eſt-ce que c'eſt, Betty ?

A iij

BETTY.

Ah Madame! auffi fûr que je refpire, votre mari eft....

FANNY.

Paix, ma chere Betty; fi quelqu'un vous entend, je fuis perdue.

BETTY.

Miféricorde! cette penfée m'effraye, me fait battre le cœur. Mais, comme je difois à Madame, il eft revenu, le cher, l'aimable...

FANNY.

Prenez garde, Betty.

BETTY.

Ah Seigneur! je fuis enfortelée, je crois.... Mais comme je difois à Madame, Monfieur Lovel arrive de Londres à l'inftant.

FANNY.

En vérité?

BETTY.

Oui, en vérité, en vérité, Madame, de la fenêtre je viens de le voir, il traverfoit la cour.

FANNY.

Je fuis charmée de fon retour, mais je vous prie, ma chere Betty, foyez prudente: ne prononcez jamais le nom de mari; nous fommes fi fouvent convenues de bannir pour toujours cette expreffion!

BETTY.

Ah, Madame! vous pouvez vous repofer fur moi, il n'eft pas dans le monde une plus fidelle créature, & fi cette affaire n'eft divulguée que

par moi, elle reſtera ignorée juſqu'à la fin des
ſiécles.

FANNY.

Je ſçai que vous m'êtes fidelle, mais dans ma
ſituation je ne puis être trop attentive.

BETTY.

J'en conviens, Madame, mais je vous jure que
ce n'eſt pas un leger fardeau qu'un ſecret, quand
on n'a pas ſeulement la liberté d'en faire part à
cinq ou ſix de ſes amies.

FANNY.

Pendant quelque tems encore, gardez ſoigneu-
ſement le mien. J'eſpere que vous pourrez dans
peu le dévoiler à tout le monde : bien-tôt Monſieur Lovel lui-même en inſtruira ma famille.

BETTY.

Le plutôt ſera le mieux, je crois, car s'il ne ſe
hâte de parler, je crains l'indiſcretion d'un petit
babillard qui avant peu en inſtruira tout le monde.

FANNY.

Fi Betty, fi.

BETTY.

Vous rougiſſez, vous ne voulez pas me l'a-
vouer; mais vos regards languiſſans, vos foibleſ-
ſes, votre pâleur, vos dégoûts...

FANNY.

Finirez-vous, voulez-vous exciter ma colère ?

BETTY.

Pourquoi de la colère? hélas! le cher petit!
que le ciel veille ſur lui! je l'aimerai autant que
s'il m'appartenoit. Je n'y entends point de mal,
moi, Dieu m'en préſerve.

A iv

8 LE MARIAGE CLANDESTIN,

FANNY.

A la bonne heure, mais cessez ce discours, il me fait de la peine Betty, je vous le recommande encore, soyez, fidelle, soyez discrette, ne parlez de rien jusqu'au moment où nous découvrirons tout à mon pere.

BETTY,

Moi, parler! puissai-je mourir, si je dis un seul mot; pour tous les biens de l'univers, je ne voudrois pas vous faire du mal, je ne voudrois pas nuire à Monsieur Lovel; depuis qu'il a placé mon frere, je l'ai toujours aimé. Mais si vous m'en croyez, vous supprimerez tous deux vos tendres regards, vos longues promenades du soir, ces petits mots que vous vous dites sans cesse à l'oreille, surtout ne vous mettez plus à table tout près l'un de l'autre, Moi-même je vous prendrois pour des amans, si je ne sçavois que vous êtes époux.

FANNY.

Comment, encore époux! prenez donc garde, Betty.

BETTY.

Bon, bon, personne ne m'entend, mais j'y songerai; jamais de ma vie je ne parlerai de votre mari. Vous Madame, ne négligez pas mes observations, elles sont justes. (*M. Lovel appelle en dedans.*)

LOVEL,

William,

BETTY,

Écoutez, j'entends votre mari,

FANNY.

Toujours mon mari?

BETTY.

Je veux dire Monſieur Lovel, il vient ici. Souvenez-vous de mes avis : par exemple, vous êtes la premiere perſonne de la maiſon qu'il vient chercher, cela eſt-il prudent? après tout, ſi cela vous plait, ce n'eſt pas moi que cela regarde ; comme on ſéme, on recueille, chacun eſt pour ſoi, je ne me mêle des affaires de perſonne ; je vais me gliſſer par l'eſcalier dérobé : Monſieur Lovel entre, je vous laiſſe enſemble.

SCENE II.

FANNY, LOVEL.

LOVEL.

MA chere ... que vois-je, des larmes ! pouvez-vous m'affliger ainſi ? Vous m'aviez promis d'attendre avec plus de patience, plus de fermeté le tems qui doit déterminer notre ſort. Pour vous, pour moi, calmez-vous. Eh ! pourquoi donc, ingénieuſe à vous tourmenter, voulez-vous joindre la triſteſſe à nos inquiétudes ?

FANNY.

O Monſieur Lovel ! dans cette occaſion le ſecret bleſſe ma délicateſſe ; chaque jour mon état me paroît plus choquant. Je parcours la maiſon de mon pere comme une criminelle, comme une malheureuse, qui se connoit coupable, & se croit l'objet des soupçons de toute sa famille; la terreur m'accompagne, me fait, sans cesse, redouter une honteuse surprise.

LOVEL.

En vérité je dois vous blâmer. L'honnêteté de votre cœur, son aimable sensibilité ne sert qu'à vous donner des peines. Je suis continuellement occupé à chercher un moyen de tout apprendre à votre pere, sans le révolter contre nous. L'instant approche où j'oserai parler; je ne doute point de terminer cette affaire à la satisfaction de Monsieur Sterling, à la votre, à celle de toute la famille.

FANNY.

Oui, terminez, à quelque prix que ce soit, & terminez vîte; je ne voudrois pas posseder l'empire de l'univers, & passer encore huit jours dans cette accablante situation.

LOVEL.

N'agissons pas cependant avec précipitation. Faut-il troubler la joie du mariage de votre sœur par le chagrin que peut donner le nôtre? J'apporte à Monsieur Sterling des lettres de Mylord Ogleby, & de Sir John Melvil, ils seront ici ce soir, peut-être tout à l'heure.

FANNY.

J'en suis fâchée.

LOVEL.

Pourquoi?

FANNY.

Il n'importe ; mais j'exige que vous déclariez notre mariage à l'inftant même.

LOVEL.

Auffitôt qu'il fera poffible de le faire.

FANNY.

Non, tout à l'heure.

LOVEL.

Dans quelques jours, je vous le promets.

FANNY.

Ce foir, ou demain matin,

LOVEL.

Je crains que cela ne foit impoffible.

FANNY.

Ah ! vous le devez.

LOVEL.

Je le dois ! eh ! pourquoi ?

FANNY.

En vérité vous le devez. J'ai, pour vous en preffer, une raifon dont vous feriez allarmé.

LOVEL.

Dont je ferois allarmé ! en vérité je le crois, car elle m'effraye avant de m'être connue. Quelle eft cette raifon ?

FANNY.

Je ne puis vous la dire.

LOVEL.

Vous ne le pouvez ?

FANNY.

Non, à préfent je ne le puis. Quand tout fera fini, je ne vous cacherai rien.

LOVEL.

Fachée que Mylord & fon neveu arrivent... Je dois me hâter de découvrir notre union ... que fignifie tout cela ?... il eft impoffible que vous puiffiez avoir une jufte raifon de vous taire avec moi.

FANNY.

Ne vous troublez point par de fauffes conjectures ; mais fans chercher la caufe de mon empreffement, cedez à mes defirs. Quand la nouvelle de notre mariage irriteroit mon pere, tout ce que je puis craindre de fa colere ne me cauferoit pas la moitié des peines où le fecret de mon état m'expofe.

LOVEL.

Vous me mettez à la torture ! je voudrois tout faire pour vous tranquilifer ; mais vous connoiffez l'humeur de votre pere. L'argent (excufez ma franchife) l'argent eft l'ame de toutes fes actions : l'intérêt ne cède dans fon cœur qu'au defir d'affecter un air de magnificence, d'imiter les Grands, de s'allier à la nobleffe, qu'il croit pouvoir acquerir en l'achetant. Vous n'ignorez pas le ridicule de votre tante ? Son amour pour l'éclat, le fafte, les titres ? Son dédain pour tout ce qui ne tient pas à la Cour, n'a pas le ton de la Cour. L'immenfe fortune que lui a laiffée fon mari, rend cette riche veuve abfolue fur l'efprit de votre pere ; elle le gouverne, elle eft fouveraine dans la maison. Voyez si en ne ménageant rien, en nous découvrant brusquement, mal-à-propos, nous ne risquons pas de les irriter sans retour, de nous ôter tout espoir, de nous réconcilier jamais avec eux.

FANNY.

Mais si le hasard les instruit, ne seront-ils pas encore plus offensez ? cela peut arriver à chaque instant. On a long-tems soupçonné notre mutuelle tendresse, nous sommes livrés à la discrétion d'une femme de chambre. Betty est bonne, mais étourdie ; en comptant sur sa fidélité, je crains son imprudence. Eh ! je vous le demande en grace, daignez me satisfaire ; parlez, de peur qu'un accident ne nous décele & ne nous jette dans un plus grand embarras.

LOVEL.

Je vous obéirai ; je parlerai bientôt ; mais je ne voudrois pas le faire avec précipitation. J'ai sondé plusieurs fois les dispositions de votre pere, je saisirai la premiere occasion de l'intéresser en ma faveur. L'honneur d'être parent de Mylord Ogleby, l'avantage d'être placé par lui dans la maison de Monsieur Sterling, la circonstance présente (puisque c'est moi, dont les soins ont ménagé une alliance entre les deux familles) me rassurent & fondent mes espérances. Je me propose de tout avouer au vieux Lord, Si je puis l'engager à m'accorder sa médiation, je me croirai sûr d'appaiser votre pere & même votre tante. Les prieres d'un Comte, d'un Pair du Royaume seront toutes puissantes sur Mistriss Heidelberg. Prenez donc un peu sur vous, permettez-moi d'employer les moyens les plus furs & les plus avantageux.

FANNY.

Vous m'avez perfuadée; agiffez comme vous le voudrez.

LOVEL.

Mais me promettez-vous d'être tranquille?

FANNY.

Je le ferai, s'il m'eft poffible de l'être; mais féparons-nous, on peut nous furprendre. Penfez à cette affaire; vous m'inftruirez du fuccès de vos démarches.

LOVEL.

Repofez-vous fur mes foins; mais foyez donc gaie.

FANNY.

Je le ferai.

SCENE III.

STERLING, FANNY, LOVEL.

STERLING.

COMMENT donc; qui eft ici.

FANNY, s'en allant.

Monfieur Lovel, Monfieur.

STERLING.

Où allez-vous, Mademoifelle.

FANNY.

Dans ma chambre, Monfieur.

SCENE IV.

STERLING, LOVEL.

STERLING.

AH ! Lovel , Lovel ! feul ici , avec ma petite folle de fille ... bien, bien. Que je voye feulement le mariage de mon aînée bien cimenté avec Sir John , & je ne tarderai pas à me pourvoir d'un bon mari pour Fanny ; je vous l'affure.

LOVEL.

Plût au ciel , Monfieur , que vous voulufliez en accepter un à ma recommandation.

STERLING.

Vous-même , Lovel ? Hem.

LOVEL.

Si vous le trouviez bon , Monfieur.

STERLING.

Fort bien.

LOVEL.

J'ofe me flatter que cet arrangement ne feroit pas défagréable à Mifs Fanny.

STERLING.

De mieux en mieux.

LOVEL.

Si j'obtenois votre confentement.

STERLING.

Vous , époufer Fanny , vous ! jamais , jamais.

Vous êtes un bon garçon, je fais grand cas de vous, assurément ; mais je n'y sçaurois penser pour un gendre. Vous n'avez point de fonds, point d'argent, Lovel.

LOVEL.

A la vérité, ma fortune actuelle est très bornée, mais si elle ne me permet ni le faste ni l'éclat, elle est suffisante pour metttre une femme à l'abri du besoin, & j'espere m'enrichir par ma diligence & mes soins. J'ai de l'amour, de l'honneur.

STERLING.

Oui, mais point de fonds, Lovel. Tenez, ajoutez seulement un petit zéro à la somme totale de votre bien, & ce sera la meilleure raison que vous puissiez me donner ; je vous estime, vous le sçavez, je ferai tout pour vous servir, oui, tout. Comme votre ami.... mais...

LOVEL.

Si vous me croyez digne de votre amitié, Monsieur, vous ne pouvez m'en accorder une preuve où j'attache un plus grand prix.

STERLING.

Une belle difference, ma foi ! quand il s'agit d'intérêts, de fortune, il est bien question d'amitié !

LOVEL.

Mais quand on désire le bonheur de sa fille, doit-on craindre de sacrifier un peu à ses inclinations ?

STERLING.

A ses inclinations ! comment donc ? Vous ne
voulez

voulez pas apparemment me perfuader que ma
fille eft amoureufe de vous ? Hem...

LOVEL, *embaraßé.*

Je ne puis répondre abfolument pour Mifs
Fanny, Monfieur ; mais je fuis bien certain que
le bonheur ou le malheur de ma vie dépend entierement d'elle.

STERLING.

Eh ! bien ... en vérité... Si Mylord Ogleby
votre parent veut faire quelque chofe pour vous...
j'entends quelque chofe de confidérable ... mais
non, cela eft impoffible, cela ne peut s'arranger ;
que je n'entende jamais parler de cela. Allons,
Lovel, promettez que je n'en entendrai plus
parler.

LOVEL.

Si je vous le promets, Monfieur, je crains de
manquer à ma parole.

STERLING.

Comment donc ! vous ne voudriez pas l'é-
poufer fans mon confentement ... le voudriez-
vous, Lovel ?

LOVEL, *toujours embaraßé.*

L'époufer, Monfieur ?

STERLING.

Oui, l'époufer, Monfieur ! je ne doute pas
qu'un tendre entretien avec un jeune étourdi auffi
bien fait que vous, ne foit très capable de porter
une fille fimple, innocente, à écouter fes propres defirs ; que les moindres difcours de fon
amant n'effacent les graves leçons de fes parens ;
mais vous ne ferez pas affez ingrat, affez bas
pour féduire ma fille, pour troubler la paix de

B

ma famille ? Je veux que vous me donniez votre parole de ne pas l'époufer fans mon confentement.

LOVEL, *héfitant.*

Monfieur, je ... je ... à cet égard ... je ... je vous prie, Monfieur ... je vous conjure de vouloir bien m'excufer ... difpenfez-moi...

STERLING.

J'infifte. Promettez-moi de ne pas pouffer les chofes plus loin fans mon approbation.

LOVEL.

Vous pouvez y compter, Monfieur ; je n'irai pas plus loin.

STERLING.

Il fuffit ; je prendrai foin du refte. Mais laiffons vos folies : que fait-on à la ville ? Que dit-on à la Bourfe ?

LOVEL.

Rien d'important.

STERLING.

Avez-vous vû ferrer les marchandifes dans les magafins ; les avez vous comparez avec la lifte des envois ? Tout eft il bien conditionné ?

LOVEL.

Oui, Monfieur.

STERLING.

Comment font les actions ?

LOVEL.

Baiffées de moitié ce matin.

STERLING.

Tant pis ; mais une bonne nouvelle d'Amérique les fera hauffer. Comment fe portent Mylord Ogleby, Sir John ; vont-ils fe rendre ici ?

LOVEL.

Oui, Monfieur ; voici des lettres de tous deux.

STERLING, *decachetant une Lettre.*

Ah ! ah ! voyons ... pouas, pouas... Comme la lettre de Mylord eft parfumée, elle m'ôte la ref-piration. Du papier François, une belle bordure de fleurs, de la poudre éblouiffante qui empêche de lire. (*Lifant.*) Mon cher Monfieur Sterling... miféricorde ! comme Mylord griffonne ! jamais écolier ne peignit plus mal. Comment y a-t-il là ? a, a, avec vous ce foir ... ce foir ! cela eft fou-dain, inattendu ... où eft ma fœur Heidelberg ? Il faut l'avertir à l'inftant. John, Henry répon-dront-ils ? Écoutez Lovel...

LOVEL.

Monfieur.

STERLING.

Songeons un peu comment nous recevrons Mylord & fon neveu. Je veux donner une idée, à ces gens de la Cour, de la façon dont on vit dans la Cité. Ils mangeront dans de l'or, boiront dans de l'or, fe coucheront dans l'or ... eh, cuifinier, fommelier ... qu'importe la naiffance, les titres, l'éducation ; de l'argent, morbleu, de l'argent ; voilà ce qui fait un grand homme en Angleterre.

LOVEL, *triftement.*

Cela n'eft que trop vrai, Monfieur.

STERLING, *imitant fon ton.*

Oui, cela eft très vrai, Monfieur. Allons, allons ; laiffez-là vos fantaifies d'amour, de ma-riage ; vous n'êtes pas affez riche pour fonger à prendre une femme ; un jeune homme qui com-merce ne doit s'occuper que de fes affaires...

B ij

John , Thomas ... où font donc ces marauts ?
Faites votre fortune, Lovel , les femmes ne vous
manqueront pas. Sçavez-vous bien qu'un Négo-
ciant Anglois eſt ce qu'il y a de plus reſpectable
ſur la terre ; morbleu, mon ami , un riche Marchand de Londres peut prétendre à la fille d'un
Nabab. Thomas , Henry ; où ſont donc ces co-
quins ? Je vais les chercher moi-même.

(Il ſort.)

S C E N E V.

L O V E L , ſeul.

VOilà ce que je craignois. Si éloigné de con-
ſentir à ce mariage , il n'en recevra pas la
nouvelle ſans chagrin , ſans colere. Que faire ?
Voyons ; ſi j'engageois Sir John à s'intéreſſer
pour moi ? Il parleroit à Mylord Ogleby avec
plus de force que je n'oſerai le faire ; il a plus de
crédit ſur ſon eſprit , il le perſuaderoit plus fa-
cilement ; & puis j'ouvrirai mon cœur plus librement à Sir John. Il m'a prévenu à Londres ſur
une confidence qu'il doit me faire ici ; je puis,
dit-il , le ſervir ; c'eſt une heureuſe circonſtance.
S'il eſt en mon pouvoir de l'obliger , il en ſera
plus porté à me rendre ſes bons offices... pauvre
Fanny ; mon cœur gémit des peines du ſien , le
myſtere qu'elle me fait augmente mon chagrin ; à
quelque prix que ce ſoit, je veux la voir tranquille & ſatisfaite.

COMÉDIE. 21

SCENE VI.

Le Théâtre repréfente une autre chambre.

MISS STERLING, FANNY.

MISS STERLING.

OH ! ma chere , n'en dites pas d'avantage.
Pure hypocrifie ! vous ne me perfuaderez
point que vous voyez mon mariage fans envie , &
dans le fond , il eft tout naturel que vous m'en-
viiez ; cela ne fçauroit me fâcher contre vous.

FANNY.

Vous fâcher , ma fœur ! en vérité vous n'en
avez aucun fujet.

MISS STERLING.

Quoi , réellement vous prétendez ne me point
envier ?

FANNY.

Pas le moins du monde.

MISS STERLING.

Vous ne fouhaiteriez pas vous voir à ma place ?

FANNY.

Non , je ne le fouhaite pas. Eh ! pourquoi le
fouhaiterois-je ?

MISS STERLING.

Pourquoi ! ne fuis-je pas fur le point d'être ma-
riée ; d'avoir une grande fortune , un titre ... mais
vraiment j'oubliois l'aimable, le charmant Monfieur Lovel. Vous ne voudriez pas manquer de
foi à ce fidele amant pour l'univers entier ?

B iij

FANNY.

Monfieur Lovel , toujours Monfieur Lovel ! mon Dieu , ma fœur ; que m'importe Monfieur Lovel ?

MISS STERLING,

Là , là , ma petite ; point d'aigreur... Oh ! ma chere , ma grave , ma romanefque fœur ! vrai Philofophe en cornettes ; l'amour , une cabane , hem , n'eft-ce pas , Fanny ? Pour moi de l'indifférence & un carroffe à fix chevaux.

FANNY.

Et pourquoi pas le carroffe fans l'indifference ? Mais à quand cet heureux mariage ; il me tarde de vous féliciter,

MISS STERLING.

Je ne puis le dire exactement , dans un jour ou deux. O ma chere. (A part.) (Je veux la mortifier un peu.) Je fçai que vous avez du goût ; voyez , je vous prie , mes pierreries ; comment trouvez-vous cette riviere ?

FANNY.

Très-belle , en vérité , & fort bien montée.

MISS STERLING.

Et ces bracelets. J'aurai d'un côté le portrait de mon pere entouré de diamants , de l'autre celui de Sir John. Et ces girandoles montées à jour , & ces boucles du matin , vous plaifent-elles ?

FANNY.

Beaucoup ; mon Dieu , ma fœur , en voilà une prodigieufe quantité ! Porter tout cela , c'eft fe charger plutôt que fe parer.

MISS STERLING.

Bon ; vous ne voyez rien ! demain on doit

m'apporter un bouquet compofé de diamants,
de rubis, d'émeraudes, de topazes, d'amethiftes,
de toutes fortes de pierres précieufes, vertes,
rouges, bleues, jaunes, mêlées ; c'eft la plus belle
chofe ... le lapidaire m'a juré qu'aucune femme
de la Cour ni de la Ville, n'auroit autant de diamants que moi, excepté Milady brillante, &
Polly ... là, comment l'appelle-t-on, la maitreffe
de Mylord Squander.

FANNY.

Comment eft votre habit de nôce?

MISS STERLING.

Blanc & argent, apparemment ; j'ai levé de
fuperbes étoffes chez Sir Jofeph Luftering, &
fuis reftée plus d'une heure dans l'arriere boutique à confulter Lady Luftering fur mes emple-
tes, afin de la mortifier.

FANNY

Fi, ma fœur ; comment pouvez - vous être fi
méchante ?

MISS STERLING.

Oh ! l'impertinence de ces femmes de nouveaux Chevaliers, m'impatiente. N'avez vous pas
remarqué les airs que fe donne Lady Luftering ;
elle fe pare des plus riches étoffes de la boutique
de fon mari ; joue au Whisk à fix francs la fiche chez
fa voifine la Chapeliere, pendant que le réveren-
cieux, l'empefé Sir Jofeph, avec une perruque
bien frifée, bien ajuftée, bien ferrée, qui em-
boëte fon énorme face, eft tout le jour cloué à
fon comptoir comme un écu faux.

FANNY.

En vérité, ma fœur, fi vous continuez fur ce

ton, vous deviendrez l'épouventail de la Cité, vous n'oferez plus vous y montrer.

MISS STERLING.

M'y montrer, ma chere Fanny ; ah ! je n'ai pas deſſein d'y reparoître, e vous l'aſſure. Ah ! combien j'ai d'impatience de me voir tranſportée dans cette charmante région de la Cour ! loin de cette platte bourgeoiſie. Mon cœur s'émeut à la ſeule idée d'être *préſentée* ! un caroſſe doré, un attelage gris pommelé, mes gens galonnés ... être le ſujet de l'entretien de tous les cercles ! ... qui eſt cette jeune Dame ? Milady Melvil, Madame ... Milady Melvil ! ô que mes oreilles ſont agréablement flatées de ce ſon ... des dîners charmans ! au lieu d'entendre mon pere demander ſans ceſſe, *quelles nouvelles à la bourſe ?* Entendre Sir John demander : qu'à-t-on appris de Sir Arthur ? Madame, etiez - vous hier au ſoir chez la Ducheſſe de Ruber ? Vîtes-vous Lady Thunder ? Je ne pus vous appercevoir dans cette foule immenſe ... Comment trouvez-vous la Pièce nouvelle ? Irez-vous ce ſoir à l'Opera ?. Ah ! Fanny, le grand monde, le grand monde ! Je ſuis née pour vivre au milieu de ſon tourbillon.

FANNY.

Quand vous jouirez de ce bonheur, vous n'aurez gueres de compaſſion de moi, pas la moindre pitié pour nous autres ſimples mortels !

MISS STERLING.

Vous n'avez pas beſoin de ma pitié, vous qui ne changeriez pas de ſort avec moi ; une paſſion ſi tendre dans le cœur ! après tout, ſi vous épouſez Lovel, je ne doute pas que vous ne vous trouviez

aſſez contens enſemble. Il s'occupera de ſes affaires ; vos momens ſeront délicieuſement employés à prendre ſoin de votre petit ménage.
Peut-être même une fois l'année , un jour de bé-
néfice , vous verra-t-on tous deux dans la même
loge à la Comédie , pour ne pas perdre l'argent
de votre billet , comme nous faiſions quand on
jouoit pour notre Maître à danſer. Je vous ren-
contrerai peut-être auſſi à Tunbridge avec quelques autres Citadines ... je conſerverai des égards
pour ma famille , je ne vous refuſerai point ma
protection , ſoyez-en ſure.

FANNY.

Oh ! vous êtes trop bonne , ma ſœur !

SCENE VII.

MISTRISS HEIDELBERG , MISS STERLING, FANNY.

MISTRISS HEIDELBERG.

COMMENT, ils arrivent ce ſoir ! Eh, mais
cela eſt affreux , à peine aurons-nous le tems de
nous préparer... (*A Miſſ Sterling.*) O ma chere !
je ſuis comblée de vous rencontrer... Quoi, point
encore habillée !.. Mylord Ogleby & Sir John
arrivent ce ſoir.

MISS STERLING.

Ce ſoir , Madame !

MISTRISS HEIDELBERG.

Oui, ma chere, hâtez-vous de mettre un chapeau plus galand... Mon Dieu! j'ai tant de chofes à faire, j'ignore fi je trouverai un moment pour mettre ma robbe neuve... Mais où eft donc cette fotte femme de charge? enfin la voilà.

SCENE VIII.

TRUSTY, & les Acteurs precedents.

MISTRISS HEIDELBERG.

APPROCHEZ, Trufty, fçavez-vous que nous attendons ce foir des perfonnes de la premiere qualité.

TRUSTY.

Oui, Madame.

MISTRISS HEIDELBERG.

Ecoutez-moi avec attention, & retenez exactement ce que je vais vous dire, prenez foin que tout fe paffe ici de la maniere la plus noble; il s'agit de faire honneur à la famille, entendez-vous?

TRUSTY.

Oui, Madame.

MISTRISS HEIDELBERG.

Préparez pour Mylord l'appartement Chinois, celui de damas bleu pour fon neveu, vous donnerez la chambre rouge à fon valet de chambre.

TRUSTY.

La chambre rouge, Madame, c'est celle de Monſieur Lovel, il vient d'arriver de Londres.

MISTRISS HEIDELBERG.

Qu'importe, faites ce que je vous dis. Ecoutez, mais écoutez bien. Arrangez la belle ſalle à manger, ôtez les enveloppes des rideaux, les houſſes des ſiéges, placez les porcelaines ſur la cheminée... Avez-vous compris, Truſty.

TRUSTY.

Oui, Madame.

MISTRISS HEIDELBERG.

Allez donc, courez, volez à l'inſtant... Où eſt mon frere Sterling.

TRUSTY, s'en allant.

Il parle au ſommelier, Madame.

SCENE IX.

Les Acteurs précedents.

MISTRISS HEIDELBERG.

COurez vîte... Ah Miſſ Fanny ! ſur mon honneur je ne vous voyois pas. Qu'avez-vous, ma chere ?

FANNY.

Moi, Madame ? rien.

MISTRISS HEIDELBERG.

Rien, dites-vous, ah bon Dieu ! vous êtes auſſi pâle, auſſi noire, auſſi jaune... De mille odieuſes

couleurs, en vérité. Eh puis, comme vous voilà
faite, point ferrée, toute lâche, toute deshabil-
lée ; d'honneur, on ne voit plus une taille fine en
Angleterre. Vous êtes au plus mal, vrai, très-
vrai, vous paroissez aussi ronde que Mistriss De-
puty Barter.... Allez mon enfant, allez vîte à
votre toilette, vous sçavez que nous attendons
des personnes de la Cour, mettez-vous en état
de vous montrer.

SCENE X.

MISTRISS HEIDELBERG, MISS STERLING.

MISTRISS HEIDELBERG.

ELLE sort en pleurant, exactement toute en
larmes ! il faut absolument mettre ordre à
cela, son ridicule amour la rend complettement
imbécile.

MISS STERLING.
La pauvre petite, ce n'est pas sa faute.

MISTRISS HEIDELBERG.
Nous sommes seules, ma chere, je veux saisir
cet instant pour vous convaincre de l'absurdité de
vos idées, sur la conduite de Sir John, à votre
égard.

MISS STERLING.
Oh Madame, elle ne me cause aucune inquié-
tude ; à la vérité, je ne puis m'empêcher de re-

garder Sir John comme un amant affez extraordinaire, des politeffes fi affectées, des regards fi
graves, des proteftations d'eftime fi froides. J'ai
fouvent entendu dire qu'on parloit à fa maitreffe,
de flamme, d'ardeur. Mais Sir John eft un compofé de neige & de glace.

MISTRISS HEIDELBERG.

Eh fi ma chere, fi, décidément vous me faites
pitié. Vous avez dérobé ces plates idées à votre
pauvre fœur. Ce que vous appellez froideur, indifférence, eft précifément le bon ton, les grandes
manieres; un amant glacé! eh mais c'eft exactement la peinture d'un homme de qualité.

MISS STERLING.

Quoi, des réverences fi refpectueufes, des difcours fi étudiés! fi je fentois une paffion violente,
j'aurois fujet d'etre jaloufe.

MISTRISS HEIDELBERG.

Jaloufe, & de qui donc?

MISS STERLING.

De ma fœur, elle paroît lui plaire plus que
moi, & toutes fes attentions font pour elle.

MISTRISS HEIDELBERG.

Ah jufte ciel! comment pouvez-vous croire
qu'une perfonne de qualité ne fçache pas diftinguer le côté vulgaire de la famille, de fa plus noble partie? préférer votre fœur! c'eft comme fi
vous me difiez qu'il eft poffible de me préférer
mon frere! allez ma chere, tout cela eft politeffe, belle éducation, croyez ce que je vous dis,
perfonne ne connoit la Cour comme moi.

MISS STERLING.

Tenez Madame, je trouve son oncle cent fois plus galant que lui, rempli d'attention pour les dames, il les lorgne, sourit, fait des mines; les traits effacés de son vieux visage prennent une expression de tendresse tout-à-fait comique, je pense qu'il seroit un amant admirable.

SCENE XI.

STERLING, *les Acteurs precedents.*

STERLING.

POINT de poisson! on pêcha hier dans l'étang, il ne se retrouve dans le vivier qu'une carpe & une tanche. Morbleu, si cet animal de Lovel avoit eu le sens commun, il nous auroit apporté un Turbot, des Rougets, quelque chose.

MISTRISS HEIDELBERG.

Mon Dieu, mon frere, je crains horriblement que Mylord n'arrive à nuit fermée.

STERLING.

Il n'y manquera pas, à présent cela est sûr, Ma sœur ordonnez je vous prie qu'on prépare demain une tortue, * qu'on ait du gibier à foison, que le jardinier cueille les plus beaux fruits, que l'on ait aussi de la glace, moi, je reponds du vin; je leur donnerai d'un Champagne dont ils n'ont jamais bû, pas même à la table d'un Duc.

---

* Les tortues de mer que l'on apporte en vie de la Jamaïque, sont un mêt très-recherché à Londres.

MISTRISS HEIDELBERG.

Au nom du ciel, mon frere, songez à vous bien conduire. Je suis épouvantablement effrayée quand je vous vois avec des personnes de qualité. N'allez pas vous endormir au milieu du souper, suivant votre détestable coutume; pour vous tenir éveillé, prenez quantité de tabac, & surtout ne nous assourdissez pas avec ces monstrueux éclats de rire, vos hennissemens, rien n'est plus éxécrablement roturier.

STERLING.

Ne craignez rien, ma sœur. Mais qui vient à nous?

MISTRISS HEIDELBERG.

Que je meure si ce n'est Monsieur Canton, le Valet de chambre Suisse de Mylord.

S C E N E   XII.

CANTON, *les Acteurs precedents.*

STERLING.

AH! Monsieur votre serviteur, je suis fort aise de vous voir.

CANTON.

Moi l'être pien peaucoup opligé à Monsir Sterling, l'être moi le votre Matame, l'être tout pour vous Matamoiselle.

MISTRISS HEIDELBERG.

Votre très-humble servante, Monsieur Canton.

CANTON.

Moi li paise pien vos mains, Matame.

32 LE MARIAGE CLANDESTIN;

STERLING.

Eh bien, Monſieur, quelle bonne nouvelle de Mylord, de Sir John ; quand les verrons-nous ?

CANTON.

Monſir Sterling, tous les deux viennent ici dans le quartier d'une heure.

STERLING.

J'en ſuis charmé.

MISTRISS HEIDELBERG.

Ah ! je ſuis prodigieuſement ſatisfaite de cela. Comme il eſt tard, je craignois quelque accident... Voulez-vous vous rafraichir, Monſieur Canton ? Quand on a voyagé....

CANTON.

Partonnez-moi, Matame, moi li rend grace à vous.

MISTRISS HEIDELBERG.

Vous ferai-je voir les appartemens, Monſieur Canton ?

CANTON.

O Matame, vous faites à moi pien de l'honneur.

MISTRISS HEIDELBERG, *à Miſſ Sterling.*

Allons, ma chere, allons, (*Elle ſortent.*)

STERLING, *ſeul.*

Oh diable, il eſt preſque nuit, je ne pourrai leur montrer mon jardin ce ſoir, mais je veux du moins leur faire jetter un coup d'œil ſur mon beau canal, j'y ſuis déterminé.

Fin du premier Acte.

ACTE

ACTE II.

Le Théatre représente l'anti-chambre de Mylord Ogleby. On voit sur une table un cabaret, du chocolat préparé, & une petite cassette remplie de phioles.

SCENE I.

LA BROSSE, NANCY.

LA BROSSE.

VOus resterez, ma chere, j'insiste, vous resterez.

NANCY.

Oh ! n'insistez pas ; car en vérité je ne le puis.

LA BROSSE.

Pour commencer à faire connoissance, vous prendrez une tasse de chocolat.

NANCY.

Il m'arrive rarement d'en prendre, & dans ce moment je n'y trouverois aucun goût. Peut-on

C

avoir du plaifir à rien , quand on craint d'être
troublée ? Si Mylord s'éveilloit , fi Monfieur le
Suiffe me voyoit , fi Madame Heidelberg me
furprenoit , l'effroi me feroit mourir ; & puis je
viens de prendre mon thé . . . J'entends Mylord
affurément.

LA BROSSE.

Eh ! non , Madame , non : raffurez-vous. Dès
que Mylord s'éveille, fa fonnette m'appelle. Quelquefois je réponds fur le champ , quelquefois
une heure après , felon l'occafion & ma com-
modité.

NANCY.

Mais fans fonner , il pourroit fe lever & venir
ici.

LA BROSSE.

S'il me joüe ce tour-là , je le lüi pardonne.
Voyez-vous ceci ? C'eft une clef qui l'enferme
jufqu'à l'inftant où il me plaît de le mettre en
liberté.

NANCY.

Bon Dieu ! cela reffemble à une apothicai-
rerie !

LA BROSSE.

Auffi en eft-ce une. Sans ces liqueurs , il ne
peut non plus quitter fon lit , que lire fans lunettes. Avec bien des années , de grandes défail-
lances de cœur , une foule de rhumatifmes , quelques traces reftées des plaifirs de la jeuneffe , tous
les matins il a befoin d'être frotté , graiffé , tourné,
viffé , pour mettre fa pauvre machine en état de
fe mouvoir pendant la journée.

(Tout en caufant, ils prennent tous deux du chocolat)

NANCY.

En effet Milord paroît étonnemment décrépit.

LA BROSSE.

Il l'eft à faire peur ; mais avec ce magafin de drogues il fe foutient, il fe ranime : quand il a pris fes pillules reftaurantes, que ces eaux cordiales ont porté leur vapeur à fon cerveau, il fe regaillardit ; la vanité renaît dans fon cœur ; il fait l'agréable, le galant, fe donne des airs de petit-maître ; quelquefois même il pouffe la prétention jufqu'à vouloir paffer pour un franc libertin.

NANCY.

Le pauvre Seigneur ! Mais le gentilhomme fuiffe ne viendra-t-il pas nous furprendre ?

LA BROSSE.

S'il l'ofoit ; le gentilhomme anglois le trouvetoit très-mauvais. Quand il me plaît d'être en particulier, je ne permets à perfonne de me troubler ; mais Monfieur Canton eft actuellement fort occupé, je vous l'affure. Il écrême un fatras de journaliftes pour le déjeuner de Mylord. Je vous en prie, Madame, prenez tranquillement votre chocolat ; il eft parfait au moins : pour rien du monde Mylord n'en prendroit, s'il ne venoit d'Italie.

NANCY.

Il eft excellent, en vérité ; le charmant parfum ! Il fent précifément comme la poudre de nos jeunes demoifelles.

LA BROSSE.

Vous avez le goût exquis, Madame; je vous
prie de vouloir bien accepter quelques tablettes
pour votre propre usage. En revanche laissez-
moi respirer le parfum de vos levres. Un petit
échange de politesse, de faveur, peut seul rendre
cette retraite passable, & nous en faire supporter le séjour. Vos jeunes maîtresses sont, ma foi,
très-jolies; mais à leur égard je suis, en honneur,
du sentiment de Mylord; si mon penchant me
portoit au mariage, je choisirois la cadette.

NANCY.

Miss Fanny, oh! c'est la plus douce, la meilleure créature du monde!

LA BROSSE.

L'aînée paroît un peu orgueilleuse, un peu
hautaine.

NANCY.

Plus orgueilleuse, plus haute que Saturne...
Mais c'est entre nous au moins, je vous le con-
fie en secret. Quand il s'agit de l'établissement
d'une jeune personne, on ne peut être trop discrette.

LA BROSSE.

Oh! sans doute: Mais avec nous, c'est comme si vous ne parliez pas. Nous ne nous embar-
rassons ni de l'humeur ni du caractère; l'argent
nous manque, Mistriss Nancy, si on veut grossir
la dot, nous rabbattrons encore sur les qualités.

NANCY. (Mylord sonne.)

Miséricorde! j'entends marcher; on vient ici...

C'eft Milord peut-être ! Adieu, Monfieur la Broffe; j'emporte les taffes, & vais les laver dans la chambre voifine.

LA BROSSE.

Comme il vous plaira : mais au moins ce n'eft pas cette onnette qui vous chaffe : cela ne doit pas vous gêner ; j'ai encore une demie heure à vous donner. Voulez-vous venir cet après-midi prendre du thé avec moi ?

NANCY.

Non, pour l'empire de l'univers, Monfieur. Je pourrai venir tantôt arranger, mettre tout en ordre dans l'appartement ; mais prendre du thé avec vous ! Oh! non, non en vérité. Adieu votre fervante.

SCÈNE II.

LA BROSSE feul. (My lord fonne.)

LA BROSSE.

ON deviendroit ftupide à la campagne, fi l'on y paffoit une femaine, fans s'y procurer un amufement. Je veux m'égayer un peu avec ces petites foubrettes : Nancy eft la plus belle fille de la maifon, excepté pourtant cette jolie cadette : fi j'avois affez de tems pour arranger un plan de conduite, je lui ferois ma

C iij

(*Mylord fonne.*)

cour.... Allons, je veux bien entrer chez Mylord , puifqu'à préfent je n'ai rien de mieux à
faire.

SCENE III.

CANTON, LA BROSSE.

CANTON, *tenant les nouveaux papiers.*

MOnfir la Broffe, Monfer la Broffe, Mylord léve-t-il lui encore.

LA BROSSE.

Il vient de fonner , je me difpofe à entrer.

CANTON.

Dépêche, vous, dépêche.

SCENE IV.

CANTON *feul*

MOi foudroit le diaple porte lui tout fon
papier. Moi ouplie tant que j'ai lis : l'aver-
tiffeur chaffe pien loin le gazette hors mon tête;
le gazette pouffe le chronique , le chronique fon
camerade ; tous s'en vont l'un pour l'autre. Faut
pourtant trouver nouvelles, ou j'enrage Mylord
contre moi... Voyons... (*Il lit.*) *Antiléga-
nus, avertiffement.*

SCÈNE V.

CANTON, NANCY, *avec les taſſes.*

CANTON.

QUoi fous fait-il peſoin, Matamoiſélle ?
NANCY.
C'eſt le cabaret que je rapporte, Monſieur.
(Elle ſort.)
CANTON.
Pien, pien, une pien ponne fille & pien jolie mon foi.

SCÈNE VI.

MYLORD, OGLEBY, LA BROSSE, CANTON.

MYLORD *appelle & touſſe en dedans.*

CAnton, hem, hem, Canton.
CANTON, *à part.*
J'arrive pour vous, mylord..... Comment faire ? pas nouvelles à dire, il va mettre lui tout en tintamatre.
MYLORD. *(Il paroît à la porte de ſa chambre, appuyé ſur la Broſſe.)*
Canton, he bien ! Canton, où êtes-vous donc ?

CANTON.

Moi ly être ici, Mylord. Je demande pardon à vous, moi commence à finir li papiers.

MYLORD.

Maudits soient votre excuse & vos papiers! Ne voyez-vous pas que j'ai besoin ici de votre assistance?

CANTON.

J'y tiens, j'y cours.

MYLORD, *appuyé sur tous deux s'avance.*

Ces Suisses sont le plus inexplicable mélange! Vous avez le langage & l'impertinence des François avec la pesanteur des Hollandois.

CANTON.

Pien frai, Mylord, il n'est pas mon faute à moi.

MYLORD *crie.*

Aye? Aye!

CANTON.

Fous criez pas pour mal, moi espere Mylord.

MYLORD, *le contrefaisant.*

Pardonne-moi, Mylord. Ce vulgaire animal, ce butord de Monsieur Sterling, avec sa politesse bourgeoise, m'a entraîné par une descente pierreuse, pour me faire admirer son fossé de glaise boueuse, qu'il nomme son canal: le vent & le serein ont roidi tous mes membres: à peine puis-je me mouvoir, me soutenir.

CANTON.

Un petit coup d'arquebusade dans de l'eau est un pon raccommodement, Mylord.

MYLORD.

La Brosse, où sont les gouttes contre la paralysie?

LA BROSSE.

Les voilà.

MYLORD.

Canton, quelles nouvelles avez-vous?

CANTON.

J'ai pien les papiers, pas nouvelles un brin.

MYLORD.

Quoi! ſtupide bête, rien du tout!

CANTON.

Pardonne-fous, Mylord *un petit avis* pien pon.
Il veut plus ſervir à fous que cent mille menteries
autour de rien. La voilà.

MYLORD.

Liſez, Canton, & liſez bien ; faites-vous entendre.

CANTON.

Moi feux Mylord. (*Il lit.*) On ne peut dou-
» ter que le royal coſmetique n'enlève entière-
» ment toutes ſortes de rougeurs, élevures, bou-
» tons & autres éruptions qui gâtent le tein. Elle
» ôte pareillement les rides formées par l'âge «.
Pon pour fous, Mylord. » (*Il lit.*) » Il faut pren-
» dre ſoin que le coſmetique ſoit ſigné de la pro-
» pre main du Docteur qui le compoſe : cela eſt de
» la plus grande importance, & mérite plus d'at-
» tention qu'on ne peut l'imaginer ». Eh pien !
Mylord ?

MYLORD.

Eh bien ! Canton, vous ne ferez pas mal d'en
acheter.

CANTON.

Pour fous, Mylord.

MYLORD.

Pour moi, vieux fot ! A quoi bon ?

CANTON.

Mylord...

MYLORD.

Ai-je befoin de cofmétique ?

CANTON.

Mylord, ...

MYLORD.

Allons regardez-moi bien ; foyez vrai ; penfez-vous que l'art me foit néceffaire ?

CANTON, *le regardant avec des lunettes.*

Non, par mon vérité, vous avoir le peau uni, luifant. Moi, difois vous prendre li par manière de prévention.

MYLORD.

Vous êtes & ferez toujours un vieux fou. La Broffe, l'eau ftomachique. Eh bien ! La Broffe, que penfez-vous de cette famille à laquelle nous allons nous allier ?

LA BROSSE.

Affez bonne pour y prendre une femme, mais non pas pour y vivre.

MYLORD.

C'eft bien parler. A laver la tête d'un more, on y perd fa leffive. Monfieur Sterling fena toujours un ruftre. Et la pauvre fœur ! Elle eft fi affairée ; elle fe donne de fi grands mouvemens pour recevoir fon monde, que fa magnifique réception m'a prefque fuffoqué. Les jeunes Miff ne m'ont pas paru mal .... Donnez-moi la poudre céphalique.

CANTON.

Elles ont pien penfé fur fotre fifage, Mylord ; car elles ont toujours regardé à lui.

MYLORD *négligemment.*

Oui, il m'a femblé qu'elles marquoient affez d'attention .... Mon miroir... La plus jeune eft charmante !

CANTON.

Pien dit, oui, une charme, mon foi ! Elle avoir toujours l'œil doux à vous, Mylord.

MYLORD, *faifant des mines.*

Je m'en fuis apperçu. L'aînée, la maitreffe de mon neveu, fera je crois une délicieufe femme ! Tout l'efprit de fon pere, tous les ridicules de fa tante, avec un doux mélange de la mâle infolence de fa défunte mere. La Broffe, un peu d'eau de Mante. N'eft il pas heureux, Canton, pour de jeunes bourgeoifes, que les nobles négligent tout en fe mariant, excepté la fortune ?

CANTON.

Heureux & pien commode, Mylord.

MYLORD.

La Broffe, allez prendre un pamphlet fur ma table de nuit. Vous, Canton, reftez dans la première chambre, & ne laiffez entrer perfonne ; n'entrez pas vous-même, fi je ne vous appélle.

CANTON.

Grand pien faffe votre lecture à fous, Mylord.

(La Broffe apporte le pamphlet.)

MYLORD.

A préfent retirez-vous tous deux, & qu'on ne me trouble point dans mes études.

SCENE VII.

MYLORD, *seul.*

QUe ferai-je ici avec ces femmes, pendant que ce maudit rhumatisme me tient ? C'est un cruel ennemi de la galanterie. Essayons mes forces. (*Il se leve.*) Allons, courage, Mylord. Pas si mal ! je m'en tirerai, ma foi. Oui, par-bleu ! Je me sens une autre créature (*Il chante & danse.*) Bravo, Mylord ! Ces jolies Miss m'ont ranimé : si elles veulent courir, danser, sauter, lutter, me voilà prêt à tout .... Aye ! Ce côté est douloureux .... Rien, cela se dissipe. Il me semble que le lys domine un peu trop ce matin sur ma couleur ; un léger mélange de rose donneroit à mes yeux plus de vivacité. (*Pendant que Mylord met le rouge, on frappe.*) Qui est-là ? Je ne veux pas être interrompu.

CANTON, *en dedans.*

Mylord, Mylord, être la Monsir Sterling, pour faire se devoirs dans votre chambre.

MYLORD.

Quel sot animal ... Monsieur Sterling m'honore infiniment ; pourquoi ne le laissez-vous pas entrer .... Je le voudrois au fond de son canal intact.

SCENE VIII.

MYLORD, CANTON, Monſieur
STERLING, LOVEL.

MYLORD.

O Mon cher Monſieur Sterling ! je ſuis charmé de vous voir !

STERLING.

J'eſpere que Mylord a bien repoſé cette nuit.
Perſonne, je crois, dans toute l'Europe, n'a
d'auſſi bons lits que les miens. Sa Majeſté Britannique (Dieu la conſerve) n'en trouve point
de pareils hors de ſon Palais, & quand je dirois
dedans, ce ne ſeroit pas, je crois, un crime de
haute trahiſon.

MYLORD.

Vos lits ſont comme tout ce qui vous appar-
tient, Monſieur Sterling ; non ſeulement ils pro-
curent du repos, mais ils égayent, ils raniment.

STERLING.

Tant mieux Mylord. Que vous ſemble d'un
tour de promenade avant le déjeuner ? Il faiſoit
ſombre hier, vous n'avez pas vu mes eaux, mon
pont, mon potager, mes ſuperbes tulipes d'Hollande, mes lilas, mes chevres-feuilles : il tomboit
du ſerein hier au ſoir, l'humidité s'eſt un peu
fait ſentir à mon orteil, mais voyez-vous, j'ai
coupé mon ſoulier : je vous accompagnerai par-
tout, je vous montrerai tout aujourd'hui de peur
que la goute n'arrive demain.

MYLORD, *à part.*

Si elle pouvoit arriver tout à l'heure !

STERLING.

Que dites-vous, Mylord ?

MYLORD.

Je dis, Monfieur, que je fouhaite déjeuner avec les Dames. A mon goût, Monfieur Sterling, elles font les plus belles tulipes de cette partie du monde. (*Il rit.*)

CANTON.

Braviffimo, Mylord ! (*il rit.*)

STERLING.

Elles viendront vous trouver au jardin, Mylord; diantre, il ne faut pas perdre notre promenade pour elles. Nous ferons feulement un petit tour en attendant le déjeuner, un plus grand avant le dîner, & ce foir nous entreprendrons ce que j'appelle le grand tour.

MYLORD.

Je me reprocherois de vous laiffer faire un feul pas ; Monfieur Sterling, je vous prie, mon cher ami, fongez donc à votre goutte; l'excès de votre politeffe peut vous mettre aux arrêts. *

CANTON, *s'étouffant de rire.*

Li être admirable, mon foi !

STERLING.

Si Lovel vouloit rire de mes bon mots, com-

---

* L'Anglois dit : *certainement, pour votre politeffe, vous ferez pris par les talons*. ce qui fait un équivoque fur ce qu'en mettant un homme en prifon on appelle cela le prendre par les talons.

me Monsieur fait des vôtres, notre entretien seroit très-gai, très-amusant, Mylord.

MYLORD.

Que pensez - vous de cette idée là, Canton ? voulez-vous enseigner votre art à mon parent Lovel ; vous avez une gaieté très - sociable, jamais d'humeur ! un rire soutenu...

CANTON.

Comme le vif esprit, à fous, Mylord.

MYLORD.

Bien répondu, Canton.... mais voici mon neveu.

SCENE IX.

SIR JOHN MELVIL, & les
Acteurs précedens.

MYLORD.

EH bien, Sir John, quelles nouvelles de l'Isle de Cythere ? avez-vous soupiré toute la nuit & donné une sérénade au point du jour.

SIR JOHN.

Je suis charmé de vous trouver si gai ce matin. mon oncle.

MYLORD.

Et moi fâché de vous voir si morne, Monsieur. Quelles pitoyables créatures font ces jeunes gens, Monsieur Sterling ! ils font l'amour avec un air si triste ; ils suivent leurs maîtresses comme ils feroient un convoi. Après tout ils n'ont pas

48 LE MARIAGE CLANDESTIN,

fi grand tort, peut-être, car le mariage eſt le tombeau des vivans, hem, Monſieur Sterling. (*il rit.*)

STERLING.

Non pas, Mylord, quand les époux ont de quoi vivre. (*Il rit.*)

CANTON.

Dequoi vivre! voilà tout à quoi penſe Monſieur Sterling.

SIR JOHN, *parlant bas à Lovel.*

Je vous prie, Lovel, venez avec moi dans le jardin, j'ai une affaire d'importance à vous communiquer, je voudrois vous parler tout à l'heure.

LOVEL, *bas.*

Je vais vous y fuivre. (*Haut.*) Si Mylord & Monſieur Sterling le permettent, nous allons avertir les Dames de fe préparer pour la promenade... (*Ils fortent.*)

SCENE X.

STERLING, MYLORD, CANTON.

STERLING.

MEs filles font toujours prêtes, je les ai élevées à fe coucher de bonne heure, à fe lever de grand matin. Si elles ont quelques défauts, au moins leurs maris les prendront avec de bons tempéramens & de grandes fortunes.

MYLORD.

MYLORD.

Cela eft bel & bon, Monfieur Sterling.

STERLING.

Oui, Mylord, bel & bon, affurement. Par exemple, fi vous aviez ménagé votre jeuneffe, feriez-vous, à l'âge où vous voilà, tout perclus, comme vous l'êtes ?

MYLORD, *affectant de vouloir rire.*

Fort plaifant, en vérité !

STERLING.

Tenez, votre Suiffe eft bien auffi vieux que vous. Mais comme fon pays eft pauvre, qu'on eft forcé d'y vivre fobrement, je parie qu'il vous enterrera. Les vins exquis, l'abondance des mets, voilà ce qui nous tue, nous autres.

MYLORD.

Un propos très-plaifant, vous dis-je.

CANTON.

Mylord li être vieux, de mon vieilleffe ! li être un poulet contre moi vieux coq. Li être un pe-tit l'enfant près mon perfonne.

STERLING.

A merveille monfieur, confervez cette tour-nure d'efprit, elle vous donnera dequoi vivre dans tous les pays du monde, mais, Mylord, allons au jardin, il nous refte un peu de tems avant le déjeuner. Je vais prendre ma canne & mon chapeau. Après notre petit exercice, nous viendrons manger du beure fraîchement battu fur du pain bien chaud. (*Il fort.*)

D

SCENE XI.

MYLORD, CANTON.

MYLORD, à *Sterling.*

JE vous fuis avec plaifir... Du beure fur du pain bien chaud, au mois de Juillet ! je fue en y fongeant. Cet homme eft une étrange bête !

CANTON.

Une bête barbarienne, il eft !

MYLORD.

C'eft l'animal le plus peuple ! ah fans fon ar- gent, dont j'ai grand befoin, je l'enverrois à tous les diables avec fes roties brulantes, allons Canton, allons.

SCENE XII.

Le Théâtre repréfente le Jardin.

LOVEL, & SIR JOHN MELVIL.

LOVEL.

VENU dans ma chambre ce matin, vous ? cela ne fe peut pas.

SIR JOHN.

Avant cinq heures, je vous affûre.

LOVEL.

Mais pourquoi faire ?

COMÉDIE. 1

SIR JOHN.

Je ne pouvois dormir, l'impatience & le defir de vous ouvrir mon cœur, m'ont conduit à votre chambre. J'ai trouvé l'oiseau envolé, le nid froid... Où diable étiez-vous, Lovel?

LOVEL.

Allons donc, finiffez, rien n'eft plus ridicule.

SIR JOHN.

Dites-moi, qui profitoit de votre infomnie? La femme de chambre de Mifs Sterling m'a parue une grande fille affez bien faite.... Etoit-ce celle de fa sœur? une jolie petite mine, ma foi! étoit-ce....

LOVEL.

Laiffez cette méchante plaifanterie, venons à votre confidence.

SIR JOHN.

Mais où étiez-vous?

LOVEL.

Au jardin, peut-être; que fçai-je? je me promenois, je lifois, j'écrivois; que vous importe ce que je faifois?

SIR JOHN.

Au jardin! il pleuvoit à verfe. Je donnerois vingt guinées pour fçavoir avec quelle femme....

LOVEL.

Songeons à ce qui vous intéreffe, Sir John.

SIR JOHN.

Confiez-moi les fecrets de la maifon.

LOVEL.

Encore?

SIR JOHN.

Pauvre Lovel! je vous embarraffe un peu,

D ij

vous avez promis d'être difcret ? quoique vous ne vouliez pas me confier votre intrigue, je hafarderai de vous découvrir mes fentimens, que penfez-vous de Mifs Sterling ? dites.

LOVEL.

Ce que je penfe d'elle ?

SIR JOHN.

Eh oui, ce que vous en penfez.

LOVEL.

La queftion eft finguliere ! mais je la trouve une jeune perfonne très-vive, remplie d'efprit, de fineffe, de gayeté.

SIR JOHN.

Ajoutez de malice, de méchanceté.

LOVEL.

Comment !

SIR JOHN.

Mais que penfez-vous de fa figure ?

LOVEL.

Qu'elle eft jolie, agréable.

SIR JOHN.

Oui-da, une grifette affez paffable.

LOVEL.

Que voulez-vous dire ?

SIR JOHN.

Je veux dire que malgré toutes les apparences... On nous interrompt. Ils viennent tous; quand ils feront paffez, je m'expliquerai.

SCENE XIII.

MISTRISS HEIDELBERG , MISS STERLING, FANNY, MYLORD OGLEBY , Monſieur STERLING, LOVEL, CANTON , SIR JOHN.

MYLORD OGLEBY.

GRANDS embéliſſemens , Monſieur Sterling , merveilleux embéliſſemens, en vérité. Les quatre ſaiſons , le Neptune au milieu du baſſin , ce Mercure volant ſi bien repréſenté en plomb , rien n'eſt plus admirable, votre goût eſt delicieux & voilà les plus belles ſtatues qu'il ſoit poſſible de voir.

STERLING.

Le plaiſir d'une maiſon de campagne , c'eſt d'y faire travailler ſans ceſſe , je n'épargne rien pour l'ornement de la mienne. Quand je l'achetai, elle étoit ma foi bien différente, entourée de grands arbres ; j'en abbatis cinquante , afin d'avoir une plaine devant mon bâtiment; oh j'aime à voir le ſoleil, moi & je veux entendre ſouffler le vent. *

---

* Une partie de cette ſcene eſt un détail des changemens que Monſieur Sterling a fait dans ſa maiſon; Mylord les tourne en ridicule. Canton rit à ſon ordinaire : Sterling ſe vante d'avoir bien ménagé ſon terrein, Mylord l'aſſûre qu'à moins de mettre la terre en pots ſur ſes fenêtres ,

MYLORD, *à Fanny.*

Vous me paroiffez très-occupée, Madame, à quoi ces belles mains font elles employées.

FANNY.

A faire un bouquet, Mylord, je me flatte que vous voudrez bien l'accepter.

MYLORD, *prenant le bouquet.*

Ah Madame ! je vais le placer fur mon cœur. (*A part.*) La pauvre petite ! elle m'adore.

MISS STERLING.

Bon Dieu, ma fœur ! appellez-vous bouquet cette botte de fleurs ? Mylord a peine à la porter. Permettez-moi, Mylord, de vous préfenter une rofe entourée de marjolaine.

MYLORD, *prenant la rofe.*

Votre véritable fymbole, Madame, douce & piquante. (*A part.*) Pauvre créature, un peu jaloufe, cela fe voit.

STERLING.

Ça, Mylord, à préfent je veux vous conduire à mes ruines.

MISTRISS HEIDELBERG.

Voulez-vous fatiguer Mylord à l'excès, l'affommer de promenade, mon frere ?

MYLORD.

Ah Madame, on ne peut fe fatiguer dans un Paradis terrefte, où regne le printems, où l'on eft environné par la jeuneffe & la beauté.

---

il ne pouvoit l'employer avec plus d'épargne. Miftriff Heidelberg invite Mylord pour le foir à prendre du thé dans une laiterie gothique, qu'elle même a imaginée. La différence des jardins Anglois & des nôtres rend cette fcene inintelligible pour nous.

MISTRISS HEIDELBERG.

Je protefte, je jure, que voilà de la galanterie, de la véritable, de celle de la Cour.

CANTON.

Mon bras fous fait-il pefoin, Mylord ?

(Mylord s'appuie fur lui.)

STERLING.

Pardi, ma fœur, je veux feulement montrer mes ruines à Mylord, & puis la cafcade, & puis le pont Chinois, & puis... & puis nous irons déjeuner.

MYLORD.

Des ruines, Monfieur Sterling.

STERLING.

Oui des ruines, Mylord, & renommées entre les plus belles, parbleu vous diriez qu'elles vont vous tomber fur la tête ! fçavez-vous que mes ruines me coûtent déja plus de cent cinquante guinées en réparations ? par ici, fi vous voulez bien.

MYLORD.

Que vois-je là, le clocher de la paroiffe, fans doute ?

STERLING, *riant.*

Une chofe admirable, pas la moindre paroiffe, Mylord, c'eft une efpece d'aiguille que j'ai fait appuyer contre un arbre, à quelque diftance d'ici, pour borner la perfpective ; il faut une églife ou un obelifque pour fixer un point de vue ; vous le fçavez, c'eft une regle du bon goût.

MYLORD, *lorgnant les femmes.*

Très-ingénieufement imaginé, pour moi j'ai devant les yeux la plus belle perfpective du

D iv

monde, je n'en souhaite point d'autre; simple, mais variée, bornée, mais étendue.... Retire-toi, Canton, je n'ai pas besoin de toi, je vais me promener avec ces Dames. Miss Sterling, Miss Fanny, je vous prie d'accepter ma main. (*Il suit Sterling avec elles.*)

CANTON.

Un pon cocq, mon foi, li être pas son pareil, je crois. (*Tous sortent.*)

SCENE XIV.

SIR JOHN, & LOVEL *restent.*

SIR JOHN.

ENFIN les voilà partis, je puis donc vous parler? vous êtes un bon ami, & je me flatte que vous m'obligerez avec plaisir.

LOVEL.

Soyez-en sûr.

SIR JOHN.

Comme je vous le disois, malgré les plus fortes apparences, ce projet de mariage entre Miss Sterling & moi, ne peut réussir.

LOVEL.

D'où vient?

SIR JOHN.

Je ne l'épouserai pas, vous dis-je.

LOVEL.

Vous ne l'épouserez pas?

SIR JOHN.

Non.

LOVEL.

Vous me surprenez ; qui s'oppose à cette union ?

SIR JOHN.

Moi.

LOVEL.

Vous ! pourquoi ?

SIR JOHN.

Parce que je ne l'aime point.

LOVEL.

Cette raison est bonne, en vérité ; cependant je n'ai jamais regardé les démarches faites à ce dessein, comme une suite de votre penchant pour Miss Sterling ; la convenance, plutôt que l'inclination vous déterminoit à ce mariage.

SIR JOHN.

Il est vrai, quand je me présentai ici, mon âme indifférente n'avoit encore reçu aucune impression ; je pouvois prendre une femme sans la choisir, sans la préférer : l'amour me paroissoit une chimére ; incapable de soins, de petites attentions, je voulois me marier comme mes pareils se marient tous les jours, parce qu'il faut s'établir. Mais après avoir négligé le culte de l'amour, je suis devenu un de ses plus zélés adorateurs, & mon dégoût pour Miss Sterling s'éleve de la violence de mon attachement pour une autre.

LOVEL.

Une autre ! ceci va causer un étrange désordre, & je vous prie, quelle est cette autre ?

SIR JOHN.

Qui elle est ? eh quelle autre pourroit-ce être, que la sensible, l'aimable, la séduisante Fanny !

LOVEL.

Fanny! quelle Fanny?

SIR JOHN.

Fanny Sterling, fa fœur! n'eft-elle pas un ange, Lovel?

LOVEL.

Sa fœur! o rage! vous ne pouvez fonger à elle, Sir John.

SIR JOHN.

Je ne le puis? il m'eft impoffible de m'occuper d'un autre objet. Mais de bonne foi, Lovel dites-moi, fi me trouvant continuellement entre ces deux fœurs, mon cœur n'a pas dû naturellement fe laiffer toucher par la plus aimable... Vous femblez interdit... Pourquoi ne me répondez-vous pas?

LOVEL.

En vérité, Sir John, cet événement m'afflige beaucoup.

SIR JOHN.

D'où vient? n'eft-elle pas un ange, dites?

LOVEL.

Cela peut avoir des fuites très-fâcheufes. Confiderez donc quel défordre vous allez caufer dans cette maifon, fouffrez que je vous conjure de rejetter ces penfées, pendant qu'il en eft tems encore.

SIR JOHN.

Jamais, Lovel, jamais,

LOVEL.

Vous auriez très-mauvaife grace à rompre une affaire prête à fe terminer; vous avez été trop loin, vous ne pouvez reculer; on eft d'accord fur les articles, les Notaires font attendus, Miff Sterling vous regarde déja comme fon mari...

SIR JOHN.

Ajoutez que les bancs font publiés, que perfonne n'y a mis oppofition; tout cela eft vrai, mais vous le fçavez, Lovel, il eft permis de changer de deffein, même aux pieds des Autels.

LOVEL.

Vous traitez ce fuje: trop legérement. Conduire les chofes à cette extrémité & puis abandonner cette fille, & pour fa fœur encore! c'eft faire à la famille un affront qu'elle ne pourra jamais oublier.

SIR JOHN.

Je penfe le contraire. En tranfportant mes affections d'une fœur à l'autre, mon amour ne fort point de la famille, & mon inconftance eft moins révoltante.

LOVEL.

Parlez plus férieufement, & penfez-y mieux.

SIR JOHN.

C'eft en y penfant que je me fuis déterminé. Pouvez-vous me blâmer? Allons, Lovel, expliquez-vous fincerement; trouvez vous de la comparaifon entre ces deux fœurs?

LOVEL, *embaraffé*.

Eh! mais, à cet égard ... il eft fur ... c'eft felon. Chacun fe frappe différemment; la vivacité de Miff Sterling a beaucoup d'admirateurs.

SIR JOHN.

Sa vivacité! un plat mêlange d'impertinence bourgeoife, & d'imitation des gens de Cour.

Non , non ; fi je m'abaiffe à prendre un repas de nôces dans la Cité , je veux au moins que l'on m'y ferve un plat de mon goût.

LOVEL.

Je ne vois point que vous puiffiez réuffir. En fuppofant que Monfieur Sterling eut d'abord confenti à cet échange , il ne le pourroit pas à préfent , il falloit le prévenir plutôt fur cette affaire.

SIR JOHN.

Embarraffé, comme j'ai du l'être par la circonftance , faut-il vous étonner que j'aye héfité à me déclarer ? La crainte de perdre ma chere Fanny , le défefpoir, me forcent enfin à tout découvrir. Je connois le caractere de Sterling. Toute étrange que ma propofition peut lui paroître , fi je lui prouve que fon intérêt s'accorde avec mes defirs , je fuis fûr de le gagner. Si en tranfigeant je cède du côté de l'argent , je le mettrai indubitablement de mon parti.

LOVEL.

En fuppofant fon confentement , dont je doute fort , je ne penfe pas que Fanny foit difpofée à vous écouter.

SIR JOHN.

A cet égard , vous vous trompez , peut-être.

LOVEL.

Vous pourrez éprouver le contraire.

SIR JOHN.

J'ai quelques petites raifons de penfer autrement.

LOVEL

Vous ne lui avez pas apparemment déclaré vos fentimens.

COMÉDIE. 61

SIR JOHN.

Pardonnez-moi.

LOVEL.

En vérité ? & ... & ... comment ... a-t-elle reçu cet aveu ?

SIR JOHN.

Mais il me feroit difficile, je crois, de rendre hommage à une femme fans que fa bonté daignat m'encourager.

LOVEL.

Encouragé ! quoi ... Fanny vous a-t-elle encouragé ?

SIR JOHN.

Je ne fçai ce que vous appellez encouragement ; mais elle rougit, pleura, me pria de ne plus fonger à elle ; moi, je tenois fa main, je la ferrois, je la baifois, je lui répétois, *vous êtes un Ange !* elle ne put me cacher que fon cœur étoit ému de mes difcours.

LOVEL.

Quoi, elle ne parut point furprife de votre déclaration ?

SIR JOHN.

A dire la vétité ... oui, ma foi, elle s'en montra fort étonnée, m'échappa, s'enfuit fans me laiffer le tems de m'expliquer tout à fait. Si je ne puis trouver l'occafion de lui parler aujourd'hui, je vous prierai de lui remettre un billet de ma part.

LOVEL.

Lui remettre un billet de votre part, moi ! j'aimerois mieux...

SIR JOHN.

Vous m'avez promis de me fervir, & je ne vois

pas quel fcrupule pourroit vous empêcher de m'ê-
tre utile dans cette occafion. Mais faifons mieux ;
chargez-vous feulement de lui parler de moi , af-
furez-là de toute ma tendreffe , dites-lui qu'à
quelque prix que ce foit , j'obtiendrai le confentement de fon pere.

LOVEL.

En vérité , fur cela ... votre priere ... vous fçavez , je penfe .,. en honneur, Sir John ... je crois
que vous avez tort.

SIR JOHN.

Eh bien , c'eft mon affaire ... mais je vois
Fanny ; ah ! c'eft elle , je cours au-devant de fes
pas. ...

LOVEL , *l'arrêtant.*

Ne précipitez rien ; prenez garde à ce que vous
allez faire.

SIR JOHN.

Pour le monde entier je ne voudrois pas perdre cette occafion de lui parler.

LOVEL , *le tenant toujours.*

Reftez , je vous en prie ; voulez-vous l'aborder
avec ce trouble , cette émotion , vous êtes dans
un état violent ; vous allez l'effrayer , l'agiter ;
elle ne pourra vous regarder fans crainte.

SIR JOHN.

Laiffez-moi , rien ne peut me retenir. Elle fe
détourne , elle entre dans une autre allée , je ne
veux pas la perdre de vue , gardez-vous de me
fuivre ; fi vous ofiez nous interrompre, je ne vous
le pardonnerois de ma vie.

SCENE XV.

LOVEL, *feul.*

MORBLEU ! ceci eft infupportable ! amoureux de ma femme , me faire fon confi-
dent , lui parler d'amour en ma préfence !.. je
n'ai plus rien à ménager ; il eft tems de me déclarer... Voilà furement le fecret chagrin de
Fanni ... elle n'a pas flatté la paffion de Sir John,
j'en fuis certain , elle eft incapable ...ils viennent...
leur céderai-je la place ? comment, lui laiffer dire
des douceurs à ma femme !.. je ne puis foumettre
mon cœur... Ils s'approchent ; fi je refte , je pa-
roîtrai foupçonneux , jaloux ; je me trahirai peut-
être ; je mettrai Sir John contre moi ... les voilà
tout près ... je me retire ... ah ! dans ce moment
je fuis le plus malheureux de tous les hommes !

SCENE XVI.

FANNY, SIR JOHN.

FANNY.

LAISSEZ-MOI, Monfieur ; je vous fupplie
de me laiffer. Comment perfiftez-vous dans
de fi vaines follicitations ? elles m'offenfent, elles
me donnent une mauvaife opinion de votre pro-
bité.

SIR JOHN.

Je connois votre délicatesse, & ne voudrois pas la blesser ; mais la nécessité doit être mon excuse. Confiderez, Madame, que tout le bon-heur de ma vie dépend de cet entretien ; que ce jour va décider mon fort ; que ce moment est l'unique où je puis vous conjurer d'approuver ma passion, de consentir aux propositions que je vais faire à Monsieur Sterling.

FANNY.

Fi, Sir John ! rougissez de ce langage. Pensez à vos premiers engagemens ; voyez votre posi-tion ; examinez la mienne. Qu'avez-vous decou-vert dans ma conduite qui ait pu vous encourager à me faire une déclaration si hardie. Je suis ré-voltée de votre témérité, & j'ai honte d'écouter de semblables propos ; laissez-moi, vous dis-je.

SIR JOHN.

Accordez-moi, Madame, un seul instant ; vo-tre ressentiment me paroît un peu trop vif. Après tout, quels font mes engagemens ? De simples convenances, des arrangemens de familles ? J'ai cédé à la volonté de Mylord Ogleby ; votre pere & lui s'accorderent fans me consulter. A présent, mon cœur reclame le droit de se donner lui-même ; vous m'avez inspiré les plus tendres sen-timens, & je ne puis être heureux si vous ne les partagez pas.

FANNY.

Vous vous trompez, Sir John ; vous prenez une folle ardeur pour une sincere affection. C'est ainsi qu'en prétendant être touché d'un véritable sentiment, votre sexe fait des extravagantes de la

moitié

moitié du nôtre, & méprise les imprudentes qu'il trouve crédules.

SIR JOHN.

Mais nos penchants font ils volontaires ? Vous en conviendrez, Madame : nous ne sommes pas maîtres de diriger nos affections sur l'objet où l'on veut les fixer ; mais quand on est tendrement attaché, quand on aime sincèrement, ne peut-on espérer du retour ? La première fois que j'osai vous parler, vous m'entendîtes avec moins de colere ; il me sembla même que je vous inspirois une sorte de compassion.

FANNY.

Vous vous fîtes illusion ; si je ne m'exprimai point avec ressentiment, ce fut par égard pour ma sœur ; je crus devoir ménager l'homme qui alloit être son époux. Malgré l'amour propre dont vous croyez mon sexe susceptible, je suis bien éloignée de m'applaudir d'un triomphe dont ma sœur seroit la victime ; qu'elle auroit droit de nommer une basse, une noire trahison.

SIR JOHN, *la retenant.*

Encore un mot, Madame, & je cesse de vous importuner. Votre impatience de me quitter, cet air chagrin, le peu de tems qui me restent m'obligent à m'exprimer sans détour. J'appelle de votre ressentiment à votre justice, Madame ; Miss Sterling n'a, je crois, ni tendresse pour moi, ni amitié pour vous. Je suis fondé à penser qu'en s'alliant a ma maison, il est très indifferent à Monsieur Sterling laquelle de ses deux filles porte un titre. Cette alliance entre les deux familles est décidément rompue si vous me refusez, Madame.

E

Pourquoi voudriez-vous donc, par une délicatesse outrée, vous opposer à mon bonheur ? & j'ose le dire, à votre propre félicité. Je vous aime avec toute l'ardeur la plus vive, la plus sincere ! j'ai un sur moyen d'obtenir le consentement de votre pere : si vous ne me haïssez pas, si rien ne vous déplaît en moi, si je ne suis point l'objet de votre mépris, si un amant plus heureux n'a point encoré...

FANNY.

Écoutez-moi, Monsieur, apprenez mes sentimens & ma résolution. Quand ma sœur & mon pere auroient à cet égard l'indifférence que vous leur supposez, je n'approuverois jamais vos desseins. Quoi ! élevée avec ma sœur, vivant avec elle, habitant le même appartement, engagée par le sang, par l'amitié à contribuer à son bonheur, je conspirerois contre son repos, je recevrois les vœux d'un homme prêt à l'épouser, je porterois le trouble & la division dans ma propre famille ! fi, fi, Sir John ; votre amour, vos projets me sont odieux, ils m'inspirent une invincible horreur pour vous ; je ne puis vous écouter plus long-tems ; cessez de me retenir ; laissez-moi, je veux vous fuir.

SIR JOHN.

Ah ! ne m'abandonnez point à la douleur dont vous venez de pénétrer mon ame. Donnez-moi un rayon d'espérance.

FANNY, *se débattant pour sortir.*

Non, jamais ! je vous prie, cessez...

SIR JOHN.

Quoi ! cette main feroit à un autre ! non, je ne le souffrirai point... (*Il se met à genoux.*) Vous posfedez tout mon cœur, le bonheur de ma vie dépend abfolument de vous.

S C E N E   X V I I.

Mifs STERLING, FANNY, Sir JOHN,

MISS STERLING *entre.*

FANNY, *s'écriant.*

AH ! je vois ma fœur ; au nom du ciel, le-vez-vous, Monfieur.

SIR JOHN.

Mifs Sterling !

MISS STERLING.

Pardon, Monfieur ; recevez mes excufes, Madame. J'arrive mal à propos fans doute ; mais je né croyois pas votre entretien fi intéreffant. Je venois vous avertir, Monfieur, qu'on vous attend pour déjeuner ; mais j'ignore fi vous avez fini vos pieux éxercices du matin.

SIR JOHN.

Je conçois, Mifs Sterling, que ceci peut vous paroître affez extraordinaire ; mais...

MISS STERLING.

Oh ne vous donnez pas la peine de vous excu-fer ; cela s'explique affez.

E ij

SIR JOHN.

Cela s'expliquera plus clairement encore. Je convaincrai Monsieur Sterling de la pureté de mes intentions, de ma droiture, de l'integrité de mon cœur. A votre égard, Madame, sans manquer à l'estime, à la considération, au respect dont je vous prie de me croire rempli pour vous. Je ... je ... je suis, Madame, votre très-humble serviteur. — *(Il sort.)*

SCENE XVIII.

MISS STERLING, FANNY.

MISS STERLING.

DU respect ! insolent ; de l'estime ... à merveille, en vérité ! & vous, ma douce, ma délicate, mon innocente sœur ! convaincrez-vous aussi mon pere de la pureté de vos intentions ?

FANNY.

Ne m'accablez point par un injuste reproche ; je n'en mérite point de votre part, ma chere sœur ; la conduite de Sir John ne peut vous affliger autant qu'elle m'offense.

MISS STERLING.

M'affliger, moi ! vous vous trompez très fort, Madame, je vous l'assure ; elle ne m'afflige pas le moins du monde, un impudent, un sot ! à votre égard, Miss, la prétendue douceur de votre ca ractere la feinte bonté de votre cœur ne m'en il ... erent jamais ; je vous ai toujours connue dissimulée, envieuse & fausse.

FANNY.

Vous vous trompez, en vérité.

MISS STERLING.

Oh ! vous êtes la candeur même ! ne l'ai-je pas trouvé à vos genoux ? Ne baisoit-il pas votre belle main ? N'ai-je pas entendu ses protestations, n'ai-je pas été témoin de votre feinte modestie ? Oh ! ma chere, ne vous imaginez pas traiter votre aînée comme une imbécile ; on ne m'abuse pas aisément.

FANNY.

J'avoue que Sir John est très blamable ; mais, moi, loin de vous nuire, je ne voudrois pas même avoir une pensée qui put vous causer de la peine.

MISS STERLING.

Cela se découvrira, Madame ; j'espere, Miss, que vous voudrez bien rendre un compte plus détaillé à mon pere & à ma tante. Ils seront informés de tout ceci, je puis vous le promettre.

(*Elle sort.*)

SCENE XIX.

FANNY.

PEUT-ON être plus malheureuſe ? Mes chagrins ſe multiplient. Monſieur Lovel va découvrir l'amour de Sir John pour moi, il l'apprendra d'une façon capable de le fâcher, de le révolter : loin que de favorables circonſtances diſpoſent le cœur de mon pere à me pardonner ma faute, cette aventure va l'animer conre moi ; ma ſœur & ma tante ſeront mes plus cruelles ennemies ; elles triompheront de ma diſgrace ; n'importe, à tout évenement, je ſuis déterminée à avouer mon mariage ... je crains ... mais je veux ſortir de peine ; chaque inſtant augmente mon ſupplice ; c'eſt une néceſſité de m'en affranchir.

Fin du ſecond Acte.

ACTE III.

Le Théâtre repréſente une Salle.

SCENE PREMIERE.

UN VALET *introduit deux Notaires un Avocat.*

LE VALET.

ENTREZ ici, Meſſieurs ; mon Maître déjeune actuellement ; je vais l'avertir de votre arrivée ; dans un inſtant vous pourrez lui parler.

FLOWER.

Fort bien, mon garçon, fort bien.

LE VALET.

Voulez-vous bien m'apprendre comment je dois vous annoncer, Meſſieurs ?

FLOWER.

Dites à Monſieur Sterling que l'Avocat Flower & deux Notaires ſont ici.

LE VALET.

Je vais le lui dire.

LA Scène suivante seroit insipide pour un François; on ne peut l'entendre sans connoître les coutumes d'Angleterre, & l'adresse des Avocats à éluder la précision des Loix, en présentant leur client comme n'étant pas dans le cas où elles prononceroient contre lui. Sterling arrive, on lui rend compte de la vérification faite des biens de Sir John Melvil & de ceux de son oncle. On lui dit que le douaire de sa fille, accordé à deux mille livres sterlings de rentes, sera parfaitement assuré sur la terre d'Oglel y, que celles de Sommer-shire en rapportent trois mille chaque année, & ils sont interrompus par Sir John. Sterling lui dit. Nous travaillons pour vous.

SCÈNE III.

SIR JOHN, STERLING, FLOWER.

SIR JOHN.

JE suis fâché de vous déranger; excusez, Messieurs; une affaire importante me force à demander une audience particulière à Monsieur Sterling.

STERLING.

Je vous l'accorde de tout mon cœur. Pardon, Messieurs; il s'agit d'affaires & vous sçavez bien .. nous achèverons celle-ci demain matin.

FLOWER.

Monsieur, je dois être à Warwick après demain.

STERLING.

Oh ! je ne vous laisserai pas aller aujourd'hui ; ma maison est fort pleine, il est vrai, mais il me reste encore de quoi vous loger, vous, vos valets & vos chevaux; en attendant le dîner, promenez-vous dans le jardin, voyez les embélissemens que j'ai faits ; aimez-vous mieux jouer à la boulle, vous rafraîchir, demandez de la bierre, ce qu'il vous plaira ; amusez-vous, ordonnez, agissez sans façon, comme si vous étiez chez vous. Thomas, Henry, William, qu'on ait soin de ces Messieurs. *(Ils sortent)*

SCENE IV.

SIR JOHN, STERLING.

STERLING.

A Présent, Sir John, je suis à votre service ; que souhaitez-vous de moi ?

SIR JOHN.

Sur le point de m'unir à votre famille, après vous avoir vû consentir si promptement à nos propositions, accorder toutes nos demandes avec tant de complaisance ; je me trouve bien malheureux, Monsieur, d'être la cause involontaire du trouble qui s'éleve.

STERLING.

Du trouble ! quel trouble ? Quand les affaires sont arrangées, les parties d'accord, il ne peut s'élever de *trouble*. Vous vous êtes engagé à prendre ma fille pour votre femme, à telles & telles

conditions ; à telles & telles conditions , je me
suis engagé à vous recevoir pour gendre ; le reste
va tout seul , & suit naturellement comme le payement d'une lettre de change acceptée.

SIR JOHN.

Croyez-moi, Monsieur , il s'est élevé plus
de trouble que vous ne pensez ; vous me
voyez dans un embarras inexprimable , Miss
Sterling n'est pas plus tranquille , & si vous me
refusez le secours de vôtre amitié , le mécontentement & l'animosité vont naître parmi nous.

STERLING.

Que diable signifie tout cela ? je n'y puis rien
comprendre.

SIR JOHN.

En un mot , Monsieur , il me devient absolument impossible de remplir mes engagemens
avec Miss Sterling.

STERLING.

Comment ! Monsieur , votre intention est-elle
de nous faire un affront ? Quoi, vous refusez...

SIR JOHN.

Non , Monsieur , je n'ai dessein ni d'insulter
votre famille ni de renoncer à votre alliance; tout
le bonheur de ma vie dépend de m'attacher à
vous par les liens les plus tendres & les plus
durables , & ma seule crainte est de me voir
refusé.

STERLING.

Ne venez-vous pas de me dire qu'il vous étoit
impossible d'épouser ma fille ?

SIR JOHN.

Il est vrai ; mais vous en avez une autre..

Après,

SIR JOHN,

Qui posséde entierement mon cœur, elle connoit mes sentimens , sa sœur en est instruite ; si vous les approuvez, les charmes de Miss Sterling, son mérite distingué , lui feront aisément trouver un parti de mon rang , même un parti plus considérable , & nos familles seront encore alliées par mon mariage avec Miss Fanny.

STERLING.

Joli projet, ma foi ! eh pour qui nous prenezvous Sir John ? Mes filles vous paroissent-elles une marchandise à l'essai ; vous croyez-vous le Grand-Seigneur? Prétendez-vous jetter ici le mouchoir , pensez-vous être chez un Marchand d'Afrique ? Vous êtes-vous mis en tête ...

SIR JOHN.

Un moment, Monsieur ; l'excès de ma passion pour Miss Fanny , pourroit seul m'engager dans une démarche qui semble s'écarter des égards dus à votre famille. Si par toutes sortes de compensations je puis....

STERLING.

Des compensations ! eh quelles compensations pouvez-vous offrir dans cette circonstance ?

SIR JOHN.

Ecoutez , vous êtes un homme de sens , vous connoissez le monde , vous entendez les affaires : je vais m'expliquer librement , & vous prouver que votre propre avantage se trouve parfaitement lié avec mes intérêts.

STERLING.

En quoi votre inconstance peut - elle m'être avantageuse ?

SIR JOHN.

Je vais vous le dire. Par les articles qui subsistent actuellement entre nous, vous vous êtes obligé à me donner le jour de mon mariage quatre vingt mille livres sterling ?

STERLING.

Eh bien ?

SIR JOHN.

Eh bien, si vous consentez à le rompre ...

STERLING.

Le rompre ! impossible, Monsieur.

SIR JOHN, *poursuivant.*

De mon côté, je m'oblige, en faveur de l'échange, à vous abandonner trente mille livres ...

STERLIN.

Trente mille livres ! dites-vous ?

SIR JOHN, *poursuivant toujours.*

Et à prendre Miss Fanny avec cinquante, au lieu de quatre Vingt.

STERLING.

Avec cinquante mille livres ?

SIR JOHN.

Au lieu de quatre vingt !

STERLING.

Mais, mais ... attendez-donc ... j'entrevois ... rêvons un peu. Fanny avec cinquante mille livres sterling, à la place de Betsey avec quatre-vingt ... mais comment cela pourroit-il s'arranger ? Je dois remettre la somme à Mylord Ogleby. Entre nous, je ne le crois pas fort en argent comptant. Soixante mille livres de la dot font deftinées à dégager fes terres....

SIR JOHN.

Qu'importe. Ses dettes acquitées, il refte encore vingt-mille livres ; Mylord en garde la moitié, je dois toucher l'autre ; la mienne ne fortira point de vos mains, vous la garderez ; vous aurez une hypothèque fur toutes les terres que Mylord me cède pour les vingt-mille livres reftantes, & je vous donnerai toutes les furetés que vous exigerez, afin de vous mettre l'efprit en repos fur le payement des intérêts.

STERLING.

En vérité, Sir John, il faut vous rendre juftice, il y a quelque chofe de beau, de franc, de noble dans cette propofition, & dès que vous n'avez pas deffein d'infulter ma famille...

SIR JOHN.

Rien ne fut jamais plus éloigné de ma penfée ; après tout, cette affaire eft très fimple ; de pareils évènemens arrivent tous les jours, & puis on a feulement dit dans le monde, qu'il y auroit une alliance entre nos deux familles, on n'en fçait pas d'avantage ; nous n'avons qu'à nous taire, perfonne ne pénétrera la vérité.

STERLING.

Cela eft jufte, cela eft très bien dit... Vous fubftituez feulement ma cadette à mon ainée, pas le moindre inconvénient à tout cela, c'eft comme fi on tranfportoit fes fonds d'une place à l'autre.

SIR JOHN.

Précifément.

STERLING.

En ce cas ... Oh diable , j'oubliois... nous comptons fans notre hôte.

SIR JOHN.

Vous m'allarmez , que voulez-vous dire ?

STERLING.

Je ne puis aller en avant fans confulter ma fœur, nous attendons beaucoup d'elle , je ne veux pas l'offenfer.

SIR JOHN.

Si vous approuvez mon projet , certainement elle confentira....

STERLIN.

Je n'en fçai rien, Betfy eft fa favorite ; j'ignore comment elle prendra la légereté de votre con- duite , avec fa niece cherie. Moi je ferai tout mon poffible pour vous contenter. Allez trou- ver Miftriff Heidelberg ; apprenez-lui vous-mê- me vos intentions , employez votre Réthorique à lui faire entendre raifon ; quand vous l'aurez per- fuadée , j'arriverai , & j'appuyerai vos argumens.

SIR JOHN.

Je vais lui parler fur le champ ; vous me pro- mettez votre fecours ?

STERLING.

Oui.

SIR JOHN.

Que ne vous dois-je pas ? Puiffai-je réuffir auprès de Miftriff Heidelberg !

STERLING.

Ecoutez , Sir John , ne dites pas un mot à ma fœur de ces trente mille livres fterling.

SIR JOHN.

Je n'ai garde, fur ce point je ferai muet.

STERLING.

Vous vous fouvenez bien que c'eſt trente mille livres? ...

SIR JOHN.

Aſſurément.

STERLING.

Ecoutez donc, ne dites rien à Mylord de ce petit traité d'amitié que nous venons de faire en-femble.

SIR JOHN.

Ne le craignez pas, ceſſez de me retenir.

STERLING.

Attendez. Quand toutes les parties feront d'ac-cord, nous ferons, vous & moi, un billet réci-proque qui aſſurera notre marché.

SIR JOHN.

Un billet, oui, tout ce qu'il vous plaira.

(Il fort.)

SCENE V.

STERLING, feul.

MORBLEU; j'aurois du faire mes conditions meilleures; il eſt en humeur de tout ac-corder. Quels fots enfans que ces gens de qua-lité! ils crient, pleurent, fe défefpérent pour ob-tenir un colifichet; eſt-il en leur poſſeſſion, ils s'en

dégoutent , le brifent , & le jettent. Plus in-
conftans que les vents , plus incertains que les
fonds publics : admirables perfonnages , envérité,
pour ftipuler un marché... Voila pourtant à qui
nous confions les intéréts de la Nation.... Avec
quelle légereté cet étourdi rénonce à trente mille
livres fterlings... A la bonneheure. Par cet hipo-
théque, j'aurai des droits fur fes terres, s'il manque
d'argent, & furement il en manquera ... qu'il ait
des enfans de ma fille , oui , ou non , je pourrai,
d'un coup de filet , m'emparer de tout fon bien.
Voilà comment , après avoir acquis une grande
fortune, nous annoblifſons nos enfans pendant que
ceux des Lords ruinés prennent leur place & deviennent , à leur tour , habitans de la Cité.

(Il fort.)

SCENE VI.

MISS STERLING, MISTRISS HEIDELBERG.

MISS STERLING.

OUi, Madame ; votre douce, votre modeſte ,
votre affable Miff Fanny...

MISTRISS HEIDELERG.

Ma Miff Fanny ! je la rénonce ; fon art n'a
jamais pu m'en impofer, ni lui procurer mes
bonnes graces. Elle a pourtant de certaines maniere.

nieres engageantes, capables de decevoir tout le
monde, excepté vous & moi, ma niece.

MISS STERLING.

Oh ! oui ; il lui manque feulement une houlette
& un joli petit agneau dans fes bras, pour être une
parfaite image de l'innocence & de la fimplicité.

MISTRISS HEIDELBERG.

Une houlette, un agneau ; cela eft délicieux !
c'eft ainfi que je fus peinte à Amfterdam, quand
j'allai voir les parens de feu mon mari.

MISS STERLING.

Et puis cette merveilleufe Fanny, elle eft fi bonne
avec les valets ! John, faites telle chofe, je vous en
prie... je vous remercie Tom-Jenny, je vous rends
grace... ce qu'il vous plaira, mon papa ; comme
vous voudrez, ma tante... oh ! ma fœur décidera
mieux que moi... Mais avec cette douceur, cette
complaifance, il lui paroît tout fimple d'être Lady
Melvil ; elle ne fent aucune répugnance à devenir
fauffe & méchante pour y parvenir.

MISTRISS HEIDELBERG.

Lady Melvil, elle ! tranquilifez-vous, ma
niece ; je lui apprendrai... malicieux petit fer-
pent ! elle n'aura pas un fou de mon bien ... mais,
dites-moi, ma chere ; comment accorder cette
intrigue avec fon goût pour Lovel ? Je n'y vois
pas la moindre analogie.

MISS STERLING.

Je m'abufois, Madame ; je prenois l'intelli-
gence de leurs regards, les fecrets qu'ils fe con-
fioient fans ceffe, pour l'attraction de deux petites
ames vulgaires ; erreur. L'objet de leurs fréquents
rendez-vous, de leurs longs entretiens, n'étoit pas

F

le defir d'affurer leur bonheur , mais l'envie de
détruire le mien. Je fçai d'où s'éleve la mauvaife
volonté de Monfieur Lovel contre moi. Je n'ai
pas cru convenable de me familiarifer avec le
commis de mon pere ; par-là j'ai perdu fa protection.

MISTRISS HEIDELBERG.

Vous êtes exceffivement formée fur mon mo-
dele , ma chere ; même nobleffe dans les fentimens , même élévation dans l'efprit. Monfieur
Heidelberg ne fut point élu Membre du Parlement ; fçavez-vous pourquoi ? C'eft que jamais ,
au grand jamais , il ne put me perfuader de m'avi-
lir auprès d'une hydeufe populace , de me laiffer
chifonner , baifer , barbouiller , par de vilains ar-
tifans , yvres & mal propres ... mais, ma niece, mon
idée diffère de la vôtre au fujet de Lovel & de
Fanny ; ma perfpicacité me fait foupçonner ,
entrevoir quelque chofe de plus entre eux ; mes
yeux font pénétrans, ils m'ont fervis pendant le
déjeuner. Sir John étoit déconcerté , vous fem-
bliez fur des épines , mais Lovel & Fanny of-
froient une image fi naturelle , fi parfaite de deux
amans malheureux , que *Raphael Ange* n'auroit pu
mieux la repréfenter ... enfin, ma chere , j'ai befoin d'une preuve plus convaincante à l'égard de
Sir John & de votre fœur.

MISS STERLING.

Plus convaincante , Madame ! ne les ai-je pas
furpris enfemble ? Sir John n'étoit-il pas à fes genoux , ne baifoit-il pas fa main , fes regards
n'exprimoient-ils pas la tendreffe , ceux de Fanny,

COMÉDIE.

l'embarras, la confusion, & vous voulez des preuves plus convaincantes ! quand mon pere a quitté le dejeuner pour parler aux Notaires, Sir John a couru sur ses pas, il lui a fait des propositions au sujet de ma sœur, j'en suis sure, je le jurerois. Ah ! s'il pouvoit s'offrir un autre parti ! s'il venoit un Comte, un Duc me demander, que j'aurois de plaisir à me venger de ce monstre !

MISTRISS HEIDELBERG.

Calmez-vous, ma chere ; en dépit de leur odieuse cabale, vous serez Lady Melvil ; vous la serez ; quand je devrois metre dix mille livres sterling dans la balance pour la faire pancher. Sir John peut s'adresser à mon frere tant qu'il voudra ; mais je leur ferai voir à tous, en quelles mains réside ici l'autorité.

MISS STERLING.

Ah ! Madame ; Sir John vient ... homme bas, perfide ! il faut que je sorte ; je ne puis supporter sa vue.

MISTRISS HEIDELBERG.

Pauvre enfant ! eh bien, retirez-vous ; allez m'attendre dans votre chambre ; je vais décider Sir John, sur ma parole ! j'irai vous rendre compte de notre entretien.

MISS STERLING.

Je vous en prie, Madame ; oh le vil malheureux !

SCENE IV.

SIR JOHN, Mistriss HEIDELBERG.

SIR JOHN.

VOTRE serviteur, Madame.

MISTRISS HEIDELBERG *faisant une petite révérence d'un air boudeur.*

Votre servante, Monsieur.

SIR JOHN.

La maniere dont Miss Sterling vient de sortir, & la froideur de votre accueil me persuadent, Madame, qu'instruite par elle de l'avanture de ce matin...

MISTRISS HEIDELBERG.

Oui, on m'a instruite; & je suis excessivement fâchée, Monsieur, que les choses, dont je suis instruite, me forcent à perdre la bonne opinion que je souhaiterois conserver toujours d'une personne de qualité.

SIR JOHN.

Ma plus grande ambition est de mériter l'estime de Mistriss Heidelberg. Si elle veut bien peser toutes les circonstances, j'ose me flatter.

MISTRISS HEIDELBERG.

Ne vous flattez pas, ne vous flattez jamais, Monsieur, que je puisse approuver l'horreur de votre procédé; cette action est fort au dessous de vous, elle vous fait tort, elle m'offense; insulter ma niece, c'est m'outrager moi-même.

SIR JOHN.

Je ne voudrois pas vous offenser pour l'univers entier, quand vous considererez que je suis entraîné par une passion, aveugle peut-être, mais vive, irrésistible; votre raison, votre discernement vous feront appercevoir, que, rompre des engagemens dans la crainte de les mal remplir, c'est prendre un parti honnête, & vous excuserez mon inconstance : si vous voulez bien vous rappeller que l'objet de ma nouvelle tendresse a l'honneur de vous appartenir aussi.

MISTRISS HEIDELBERG.

Je désavoue Fanny pour ma niéce, Monsieur; Miss Sterling la désavoue pour sa sœur, après une conduite si perfide, si basse! toute la famille la désavouera.

SIR JOHN.

En vérité, Madame, elle n'est point coupable, son cœur, sa main, sont à la disposition de son pere, à la vôtre, & si vous daignez ne m'être pas contraire, je suis sûr du consentement de Monsieur Sterling.

MISTRISS HEIDELBERG.

En vérité !

SIR JOHN.

Absolument certain, Madame.

(*Sterling au fond du Théâtre.*)

SCENE VIII.

STERLING, Miftriff HEIDELBERG, SIR JOHN.

STERLING.

IL me femble qu'ils font entrés en matiere ; je puis paroître.

MISTRISS HEIDELBERG.

Mon frere vous a donné fon confentement, dites-vous?

SIR JOHN.

Oui, Madame.

MISTRISS HEIDELBERG.

Pour époufer Fanny?

SIR JOHN,

Oui, Madame; il me l'a donné de la maniere la plus obligeante, mais à condition que j'obtiendrois votre aveu... Ah! voilà Monfieur Sterling lui-même; il confirmera ce que j'avance.

MISTRISS HEIDELBERG.

Quoi, mon frere; vous pouvez abandonner ainfi votre propre fille! mais voilà qui eft d'une horreur...

STERLING.

Je l'abandonne! non, vraiment, ma fœur, feulement fi vous euffiez jugé convenable... Diable, Sir John, vous en aurez trop dit.

MISTRISS HEIDELBERG.

Ma niece a raifon, je le crois à préfent, vous

COMÉDIE. 87

êtes tous odieufement liguez contre elle , & je vous prie , Mylord eft-il informé de cette merveilleufe affaire ?

SIR JOHN.

Je ne lui ai point encore parlé, Madame.

MISTRISS HEIDELBERG.

Oh ! je le crois, en vérité ; ainfi Mylord & moi nous ne fommes pas dignes d'être confultés ?

STERLING.

Comment , vous n'avez pas confulté Mylord ? fi , fi , Sir John , cela eft très mal à vous.

SIR JOHN.

Mais , Monfieur...

MISTRISS HEIDELBERG.

Les feules perfonnes d'importance dans les deux familles, les feules qui ayent du fens, de l'expérience , feront inftruites apparemment quand tout fera conclu ; mais Mylord eft trop généreux , a l'ame trop noble pour approuver ce déteftable procédé ; je n'en aurois jamais foupçonné un homme de votre rang, Sir John ; à votre égard, Monfieur Sterling.

STERLING.

[Là , là , ma fœur ; écoutez-moi.

MISTRISS HEIDELBERG.

Je fuis incroyablement humiliée de notre confanguinité ; vous manquez de dignité, de courage, d'entrailles. Vous ne prenez aucun intérêt à l'honneur de votre famille ; ah ! bon Dieu ! confentir...

STERLING.

Confentir ! moi, confentir ... je veux mourir , ma fœur, fi je confens... ai-je confenti, Sir John ?

F iv

SIR JOHN.

Mais, non pas abfolument ; vous avez fouhaité
l'aveu de Madame, & fuppofant fon approbation.

STERLING.

Oh, oui, fans doute, en fuppofant que ma fœur
l'approuveroit ; mais autrement vous fçavez bien...

MISTRISS HEIDELBERG.

Impudente fuppofition ! approuver ! votre
fœur approuver ! en vérité, mon frere, je pen-
fois vous être mieux connue. Moi, approuver que
votre fille aînée vous refte, que la cadette prenne
fa place ! comment pouvez-vous écouter une
propofition auffi fcandaleufe ?

STERLING.

Je ne l'ai pas écoutée, je vous le jure, ma fœur.
Sir John, ne vous ai-je pas dit ? je veux être gou-
verné par ma fœur : à moins qu'elle ne trouve
bon votre mariage avec Fanny...

MISTRISS HEIDELBERG.

Moi, trouver bon qu'il époufe Fanny ! moi ?
Voilà qui eft d'une abominable abfurdité ! cet
homme extravague abfolument. Venez ici, mon
frere ; votre fage tête ne prévoit donc pas les
conféquences de tout ceci. épondez un peu ;
Sir John prendra-t il Fanny fans une forte dot,
non, n'eft-il pas vrai ? Quand vous aurez donné
la plus grande partie de votre bien à la cadette,
aurez-vous encore quatre-vingt mille livres pour
marier l'aînée, non ; vous en convenez. L'entier
fyftême de la famille eft renverfé ? Oui, vous ne
fçauriez le nier ; j'ai toujours prétendu, voulu,
décidément voulu, que ma niece Betfey époufat
un homme de la Cour ; s'annoblir, s'élever ; c'eft

ma maxime à moi ; par conséquent la dot de Betfey doit être la plus confidérable. Si vous voulez établir Fanny, on peut, avec vingt ou trente mille livres, lui trouver un Chevalier, un Membre du Parlement, ou un riche Confeiller de Ville ; cela fera très bon pour elle.

Sir JOHN.

Mais s'il s'offre un meilleur parti, Madame, pourquoi ne pas l'accepter.

Miftriff HEIDELBERG.

Au préjudice de fa fœur ! fi, fi, Monfieur ; comment pouvez-vous fupporter cette indigne propofition, mon frère ?

STERLING.

Je ne la fupporte pas non plus, ma fœur, je vous en réponds. Je vous le déclare, Sir John ; je ne fçaurois fupporter cela.

Miftriff HEIDELBERG.

Oh ! vous l'avez fupportée ; vous avez envoyé Sir John pour me la faire à moi-même : mais fi vous abandonnez votre fille, je n'abandonnerai pas ma niece... Ah ! fi mon pauvre, mon cher Monfieur Heidelberg n'étoit pas dans la tombe, fi nos aimables petits enfants vivoient encore, ils ne fe feroient pas conduits avec cette lâcheté.

STERLING.

Morbleu, Sir John, dites donc la vérité. Ai-je pu fupporter ... (*A part.*) Tirez-moi de ce mauvais pas, où nous fommes perdus.

SIR JOHN.

A la vérité...

Miftriff HEIDELBERG.

A la vérité, à la vérité je rougis pour tous

deux; mais prenez garde à ce que vous ferez, mon frere, prenez-y bien garde. Les Notaires font encore ici, je m'explique. Si tout ne s'arrange à mon gré, duffai-je vivre mille ans, nous n'aurons plus de commerce enfemble; j'irai m'établir en Hollande, chez Monfieur Wanderpeken, le coufin de mon mari; & mon imbécile famille n'aura jamais un fou de mon bien.

(*Elle fort.*)

S C E N E IX.

SIR JOHN, STERLING.

STERLING.

VOILA ce que je craignois, je l'avois prévu qu'elle refuferoit fon confentement.

SIR JOHN.

Je fuis défefpéré! que ferons-nous, Monfieur Sterling?

STERLING.

Rien.

SIR JOHN.

Eh quoi, au moment d'être exécutés, nos projets s'évanouïront-ils?

STERLING.

Je n'y fçaurois que faire. Je vous l'ai dit, mes enfans attendent beaucoup de ma fœur. Comment aller plus loin, vous avez entendu fa menace. Heidelberg étoit un homme actif, ardent, il eft mort riche de cent mille livres fterling.

SIR JOHN.

Mais, fi...

STERLING.

Ma sœur a bien placé sa fortune ; de bonnes rentes sur la compagnie du Sud, de gros intérêts dans les fonds de France & de Hollande, son intention est de nous laisser tout son bien.

SIR JOHN.

Permettez-moi seulement de vous dire...

STERLING.

Vraiment, l'offre de me remettre trente mille livres étoit belle & bonne, je l'approuvois, moi...

SIR JOHN.

Je voudrois...

STERLING.

Mais en l'acceptant contre sa volonté, je cours risque de perdre cent cinquante mille livres sterling ; vous voyez bien que le marché ne vaudroit pas le diable.

SIR JOHN.

Mais n'imaginez - vous aucun moyen ? êtes-vous sûr qu'elle ne consentira point...

STERLING.

Je le crains ; après tout, quand son premier mouvement sera passé, sa passion un peu calmée, car elle est passionnée, vous pourrez essayer.... Mais ne vous servez plus de mon nom.

SIR JOHN.

Si j'engageois Mylord à lui parler ? qu'en pensez-vous, n'obtiendroit-il rien d'elle ?

STERLING.

Il la persuaderoit, je crois, plus aisément qu'un autre, elle a beaucoup d'égards pour lui, vous sçavez qu'elle aime les grands Seigneurs.

SIR JOHN.

J'en parlerai dès aujourd'hui à Mylord, s'il parvient à gagner Miſtriſſ Heidelberg, je pourrai compter ſur votre amitié, Monſieur Sterling?

STERLING,

Aſſurément, je ferai charmé de vous obliger quand je pourrai le faire. Mais dans la diſpoſition actuelle des choſes, les règles de l'Arithmétique ſont abſolument contre vous; partant, Sir John, je ſuis votre très-humble ſerviteur. (*Il ſort.*)

SIR JOHN, *ſeul.*

Me voilà dans une agréable ſituation! brouillé avec celle qu'on me deſtinoit, rejetté par l'objet de ma tendreſſe, dépendant du caprice, de l'humeur de cette turbulente femme, toute puiſſante ici. Tant d'oppoſitions à mon bonheur, loin d'éteindre mes deſirs, animent encore mon amour. Je veux poſſéder Fanny, oui, je le veux. Courons chercher Mylord. S'il peut déterminer Miſtriſſ Heidelberg à m'être favorable, le crédit de cette tante influera ſur l'eſprit de la délicate Fanny, anéantira ſes ſcrupules, elle m'accordera ſon cœur, ſa main, & je ſerai le plus heureux des hommes.

Fin du troiſieme Acte.

ACTE IV.

Le Théâtre représente une Chambre.

SCENE PREMIERE.

MISTRISS HEIDELBERG, MISS STERLING, STERLING.

STERLING.

QUoi ma sœur, vous envoyez Fanny à Londres ?

MISTRISS HEIDELBERG.

Mes ordres sont donnés, elle partira de grand matin.

STERLING.

En vérité ?

MISTRISS HEIDELBERG.

Rien de plus positif.

STERLING.

Considérez donc la circonstance. Son éloignement ne paroîtra-t-il pas étrange en ce moment ?

MISTRISS HEIDELBERG.

Jamais si étrange que sa conduite, mon frere, ce jour devoit être heureux ; une incendiaire trouble notre joie, détruit nos plaisirs, & je la garderois ici ? j'insiste, demain au lever de l'aurore, je veux qu'elle parte.

STERLING. *à sa fille.*

J'ai grand peur que tout ceci ne soit votre ouvrage, Betsey.

MISS STERLING.

En vérité, mon pere, ma tante sçait le contraire, malgré la bassesse du procédé de ma sœur, je serois bien fâchée de lui nuire dans votre esprit, ou dans celui de ma tante.

MISTRISS HEIDELBERG.

Taisez-vous, Betsey; mon frere, je prétends que l'on ne me conteste point. Quand Fanny sera partie, tout restera dans l'ordre. Ah! l'on s'avise d'intriguer, de cabaler; il faut donc agir, montrer de la vigueur; vous, commencez par éloigner votre fille. Son départ est la base du plan que j'ai tracé pour renverser le leur.

STERLING.

Mais ma sœur....

MISTRISS HEIDELBERG.

Que signifient vos *mais*, mon frere? je veux être débarrassée d'elle, je le veux, vous dis-je. Suivez-moi, ma nièce... La chaise de poste sera prête à six heures du matin; vous la verrez dans la Cour, si elle ne sert pas pour Fanny, elle servira pour moi, & tout sera fini. (*Elle fait quelques pas & revient.*) Un mot encore, Monsieur Sterling, vous prendrez apparemment le parti de votre fille aînée? j'espere que vous vous plaindrez à Mylord Ogleby de l'odieuse conduite de Sir John Melvil. Faites-le, mon frere, montrez-vous un pere de famille, soutenez l'honneur de votre maison; pendant que je m'occupe, moi, du soin de l'illustrer, sinon, je proteste... Vous m'entendez, vous me connoissez, vous sçavez comment je pense, ainsi arrangez-vous en conséquence, & songez bien à ce qui peut arriver de mon mécontentement.

SCENE II.

STERLING, *seul.*

VOILA un sexe diablement tyranique ! filles, femmes, sœurs, maîtresses, ces douces créatures veulent ordonner, gouverner, dominer ! ma sœur connoit combien son argent lui donne de crédit sur mon esprit ; comme elle me parle ! je *veux*, j'*entends*, je *prétends*, vous *ferez céci*, vous *ferez cela*, ou *vous n'aurez pas un sou de mon bien.* Si absolue pour son argent ! mais après tout elle a raison ; qui rend maître ? qui rend absolu ? l'argent. Allons, il faut se soumettre, lui obéir, pourquoi ? parce qu'elle a beaucoup d'argent.

SCENE III.

Le Théâtre représente une partie du jardin.

MYLORD OGLEBY, CANTON.

MYLORD.

PARTIR, elle ! Miss Fanny ? pourquoi, comment, d'où vient, quel sujet la force à s'éloigner ?

CANTON.
Moi, sçai pas le moindre pourquoi.

MYLORD.
Cela ne sera pas, cela ne sçauroit être ; je pro-

tefte contre cette violence. Miff Fanny eft une
charmante fille ! puiffe toute la famille s'anéantir,
pourvu qu'elle nous refte ! fon benet de pere,
ennuieux extrait de la bourfe & du change ; fa
fotte tante, tatillon bourgeoife, entée fur une
bégueule de Cour ; la tracaffiere aînée, auffi plate
que méchante, forment bien le plus hydeux cercle... Sans cette cheie enfant, la maifon eft in-
foutenable. O cette petite Fanny, elle eft toute
faite pour moi.

CANTON.

Moi trouve un fimpathique pour fous, mon foi,
contre la jeune Matame.

MYLORD.

Quoi, je refterois abandonné au milieu de ces
Goths, de ces Vandales; fçachez, Miftriff Heidelberg, Miftriff Furie, que fi Fanny part, je fuis
fes traces.

CANTON.

Pardi, fous! mettre votre perfonne tout au travers la chaife, être ponne pour fous, & ponne
pour elle.

MYLORD.

Tais-toi fou, cela feroit bien convenable,
n'eft-ce pas ? ton helvetienne ftupidité te cache
le danger d'un pareil voyage ; aller feul avec une
jeune & jolie perfonne. Ah Canton, répon-
drois-je de moi-même ? pourrois-je réprimer mon
ardeur ? emporté par un naturel amoureux, dès
que j'apperçois une belle, je vole...

CANTON.

Comme li belle à fous folent, Mylord, puis fous
fole enfemble comme francs moineaux ; puis...

MYLORD.

MYLORD.

Puis, vous êtes un fot, Monfieur Canton.
Toujours cherchant à découvrir mes intrigues,
vous ne pouvez me voir badiner, fans porter vos
idées malicieufes... Allons, allons, vous êtes un
vieux fou.

CANTON.

Moi, être vieux fou, Mylord, bien vrai :
en cela pas fou du tout ; pas toujours fou.

MYLORD.

Tu es incorrigible, mais tes abfurdités m'a-
mufent ; tiens, tu reffembles à cette prife de tabac,
c'eft un fuperflus très inutile, & qui de tems en
tems paroit délicieux.

CANTON.

Fous honore beaucoup grandement moi, Mylord.   **MYLORD.**

Sur mon âme, je dis vrai, tu es précifément
céphalique, comme ce tabac ; un affez bon re-
mede contre la migraine, les vapeurs, ou la profonde application.

CANTON.

Votre flattement fait à moi un grand orgueil,
Mylord.

MYLORD.

Revenons ; Miff Fanny a donc un peu de penchant pour moi, tu crois... Mais n'eft-ce point
elle que j'apperçois ?

CANTON.

Li être elle-même, mon foi, un des petits
moineaux d'amour.

MYLORD.

Ne faites pas le plaifant, vieux finge.

G

CANTON.

Moi li être singe, moi li être vieux, mais moi havre des yeux, havre des oreilles, havre un petit entendement, havre, havre....

MYLORD.

Que ton havre t'abîme ! tais-toi, bête.

CANTON.

Elle attend votre personne, elle vient faire un amour à vous en paroles.

MYLORD.

Crois-tu ? une belle personne ne peut m'obliger davantage ; allons donc à elle, ma foi je me sens vif, enjoué... viens, elle est dans la prochaine allée, mais on serpente si fort dans ce maudit jardin, qu'on est une heure à joindre ceux dont on est tout près. (*Il sort en chantant un air François.*)

SCÈNE IV.

Le Théâtre représente une autre partie du jardin.

LOVEL, FANNY.

LOVEL.

NON, je ne puis supporter l'état où je vous vois, votre chagrin me pénetre, ma chere Fanny, il change mes résolutions, me voila prêt à tout découvrir.

FANNY.

Eh, pourriez-vous parler avant mon départ ?

L O V E L.

Voici mon idée. Mylord Ogleby montre une prédilection décidée pour vous ; malgré la singularité de son esprit, & la légéreté de sa conduite, je puis vous assûrer de l'extrême bonté de son cœur, il a beaucoup de vanité, mais il est très-humain, capable de tout entreprendre pour s'attirer l'estime d'une personne de votre sexe. Osez lui confier notre mariage, vous l'intéresserez bien plus que je ne pourrois le faire, vous le persuaderez aisément de vous servir, & je ne doute point qu'il ne vous accorde sa protection & son amitié. Il vous débarrassera des pourfuites de Sir John ; en parlant à votre pere, il détruira les soupçons de votre tante, la jalousie de votre sœur ; & son crédit sur toute votre famille pourra même nous reconcilier avec elle.

F A N N Y.

Le ciel puisse nous protéger ! où est Mylord ?

L O V E L.

Je viens de l'entendre près d'ici, il parloit avec Canton, si vous pouvez le joindre, ne perdez pas un instant, parlez-lui, ma chere.

F A N N Y.

Une semblable démarche me coute infiniment, mais il vaut mieux me faire violence & fortir enfin de cette inquiétante fituation.

L O V E L.

Dès que vous l'aurez instruit, je paraitrai; nous le prierons ensemble... Mais il vient... Allons, ma chere amie, rappellez toute votre fermeté ; plaidez vivement votre caufe, vous réuffirez, je vous l'affûre.

G ij

FANNY.

Ah, ne me laiffez pas.

LOVEL.

Permettez-moi de vous quitter un moment.

FANNY.

S'il le faut, j'y confens, mais aurai-je la force... Ah Lovel!

LOVEL.

Songez donc à l'extrémité où nous fommes
réduits, votre départ eft fixé à demain, fi vous
perdez cette occafion, vous en fouhaiterez
vainement une autre... Mylord approche, je
vous laiffe. Raffurez-vous, parlez ma chere Fanny, vous allez faire votre bonheur & le mien.

SCENE V.

FANNY, MYLORD, CANTON.

FANNY.

QUE je fuis confufe! que dire? comment
m'exprimer? que ma pofition eft embarraffante & cruelle!

MYLORD.

Quoi, dans ce jardin, fans un Ecuyer? la fo-
litude d'une fi charmante perfonne eft une fatyre
contre toute l'efpece mafculine & pour effacér la
honte de mon fexe, il eft heureux qu'un homme
fe rencontre ici, vienne au moins interrompre
votre rêverie, Madame; je dis *un*, car le pauvre
Canton, fi vieux, fi infirme, ne doit être compté
pour rien.

CANTON.

Oh ! pas le moindre chose , moi.

FANNY.

Vous m'honnorez beaucoup , Mylord ; si j'o-
sois ... je vous prierois ... j'aurois une faveur à
vous demander.

MYLORD.

Une faveur ! demander ! commandez , Madame. Vous me ferez la plus grande grace en
daignant m'honorer de vos ordres.

FANNY.

Si vous voulez bien m'accorder un moment
d'entretien particulier. (*A part.*) Eh mon Dieu ,
je me soutiens à peine !

MYLORD , *à part.*

Elle est confuse , troublée ; j'entrevois du mystere ... je veux jouir de la douceur d'un tête à
tête... Canton, va-t-en.

CANTON.

Vous chasse mon personne ? Ah ! pauvre Matamoiselle ! Mylord faites bon ménage avec franc
petit fémele moineau.

MYLORD , *souriant.*

Impertinent ; tu te feras assommer.

CANTON.

Point , je n'y suis plus. (*A part.*) Moi faire à
lui un plaisir par impertinence.

G iij

SCENE VI.

FANNY, MYLORD.

FANNY, *à part.*

JE me fens abatue par la crainte.

MYLORD.

Quelle aimable fille ! douce, polie ; elle répare en vérité la barbarie de fes fauvages parens.

FANNY *rougit, fait la révérence, & dit:*

Mylord, je...

MYLORD.

Je regarde Madame, comme le plus heureux événement de ma vie ; l'honneur de recevoir vos ordres, & l'occafion de vous dire ce que mes yeux vous ont peut-être exprimé trop foiblement, & c'eft Madame que je fuis véritablement, à la lettre, le plus humble de vos ferviteurs.

FANNY.

La diftinction dont vous m'honorez me flatte infiniment, Mylord. Hélas, je crains d'abufer de vos bontés ; mais un danger preffant me force à chercher du fecours ; je viens, Mylord, je viens implorer votre protection.

MYLORD.

Un danger, Madame ; mais s'il eft en mon pouvoir de vous en garantir, ce danger me rend heureux en m'offrant l'occafion de vous prouver mon zèle. La Beauté fut toujours l'idole de mon cœur ; attaché à fon culte, je fuis prêt à verfer

tout mon fang pour cette divinité cherie. (*A part.*)
Je fuis animé, content, très content de moi.

FANNY.

En ce moment, Mylord, la plus malheureuse
des créatures eft devant vous. L'amour, le devoir, l'efpérance, la crainte, mille fentimens di-
vers élèvent de violens combats au fond de mon
cœur. Tout m'agite, tout m'inquiete, vous-
même, Mylord, dont la préfence devroit me
raffurer, vous dont j'attends de l'appui, de la protection; vous augmentez encore mon embarras.

MYLORD.

Moi, Madame; Vénus m'en préferve. (*A part.*)
J'ai toute ma vie embarraffé les femmes. (*A Fanny.*)
Raffurez-vous, Madame, expliquez-vous, ma
chere Fanny; vous avez un puiffant ami dans
mon fein ... je vous protefte ... mon cœur, Madame ... je vous fuis attaché par tous les liens que
peuvent former la délicateffe, la fympatie....
je vous le jure fur mon honneur, Madame.

FANNY.

J'oferai donc hafarder de vous ouvrir mon
ame... Sir John Melvil, Mylord, par une affection déplacée, par une déclaration faite à contre-
tems, me rend aujourd'hui la plus infortunée
des femmes.

MYLORD.

Comment, Madame; mon neveu vous auroit-
il offert fon hommage?

FANNY.

Oui, Mylord, & même avec beaucoup d'ob-
ftination. Vous ne doutez pas que ma foumiffion
aux ordres de mon pere, mon amitié pour ma

G iv

sœur, les égards dus à ma famille , & le profond refpect que vous m'infpirez , ne m'ayent fort éloignée de recevoir fes foins.

MYLORD.

Charmante fille ! continuez ma chere Fanny, continuez.

FANNY.

Laiffez-moi refpirer. Permettez , fouffrez ... mon Dieu ! ce que je m'apprête à découvrir peut caufer du déplaifir , exciter de la colere...

MYLORD, *vivement*.

Impoffible ! je le jure par toutes les Déités amoureufes ! parlez, je vous en fupplie ... ou ... ou j'oferai-deviner.

FANNY.

Eh bien, Mylord ; fi dans la circonftance préfente les foins de Sir John me révoltent, ils me deviennent plus odieux encore , parce que je me trouve ... je me trouve , Mylord...

MYLORD.

Vous vous trouvez , Madame ?

FANNY.

Excufez ma confufion ... je me trouve entierement occupée d'un autre.

MYLORD, *à part*.

Ce feroit bien le diable fi je n'entendois pas cela. (*A Fanny.*) Et , dites-moi , ma chere Fanny, car je veux tout fçavoir , dites-moi en quel tems, où ? comment ? dites-moi...

SCENE VII.

Les Acteurs precedents, CANTON.

CANTON.

MYLORD, Mylord, Mylord.

MYLORD.

Maudit soit l'impertinence suisse, osez vous bien m'interrompre dans le plus doux moment, dans l'instant précieux, marqué par l'amour, par la beauté, pour me rendre heureux ?

CANTON.

L'être pas la Suisse, l'être Sir John, Mylord, ly envoye moi, dire à vous, qu'il havre besoin d'un petit parlement avec vostre personne, Mylord.

MYLORD.

Je n'ai pas le loisir de l'entendre, je suis occupé : allez-vous en Suisse mal avisé, stupide animal, vieille bête ; sortez, ou craignez....

CANTON.

Pardi, Mylord, moi retire mon personnage.

(*Il sort.*)

SCENE VIII.

MYLORD FANNY.

MYLORD.

AVOIR l'audace de vous interrompre, Madame ! Par toutes les loix de la galanterie je devois assommer cet étourdi ; mais la cruauté

peut-elle fe mêler à la plus douce des paffions? le
criminel eft abfous & renvoyé. Revenons à vous,
replongez - moi dans la délicieufe yvreffe où fe
livrent les grandes ames, que les lèvres de la beauté s'ouvrent encore pour mé parler d'amour.

F A N N Y.

L'interruption de cet homme m'a fait reprendre
un peu mes efprits, mais j'ai peine pourtant à
pourfuivre, ... Ah! fi je ne parle point, je fuc-
comberai fous le poids de ma peine, je le fens
bien.

M Y L O R D, *à part.*

Quelle paffion dans fes yeux! Elle me trouble, elle m'agite. (*à elle.*) Comme vous m'a-
vez flatté, Madame, que j'étois partie intéreffée
dans ce fecret, vous excuferez je crois ma pré-
fomption, fi ....

F A N N Y.

Pardonnez, Mylord, la liberté de cette confidence; que votre cœur daigne s'intéreffer au
fuccès de mes vœux, actuellement toutes mes
efpérances de bonheur dépendent.....

M Y L O R D.

De moi, Madame?

F A N N Y.

De vous, Mylord.

M Y L O R D, *à part.*

Il n'y a plus moyen de me retenir, fa ma-
ladie me gâgne, fon amour m'attendrit.

(Il foupire.)

F A N N Y.

Duffiez-vous juger févérement une démarche

téméraire, conseillée par la passion, que la modestie a long-tems cachée.....

MYLORD.

O ! la plus aimable des créatures ! commandez
à mon cœur, il est vaincu : exprimes tes vertueux
desirs & qu'ils soient satisfaits.

FANNY.

Les exprimer ! je ne puis, Mylord, non, en
vérité, je ne le puis.... Monsieur Lovel vous
dévoilera ce mystère ; quand vous sçaurez tout,
daignez me plaindre & me protéger.

SCENE IX.

MYLORD, *seul.*

COMMENT diable ai-je pu l'amener à ce
point, c'en est trop, beaucoup trop ! Il
m'est impossible de résister, je céde à cette douce
foiblesse. (*Il pleure.*) Mon cœur sympathise avec
le sien, je sens toute la tendresse que j'inspire. (*Il
essuye ses yeux*) Comment n'ai-je point découvert plutôt les peines que je causois ; mais devois - je imaginer que de simples attentions,
quelques égards marqués à cette jeune enfant, la
conduiroient à cet excès de passion ? Puis-je être
homme & résister à cela ; c'en est fait je vais lui
sacrifier tout son sexe ; mais je vois son pere : qu'il
vient à propos ! je vais lui tout apprendre, je vais
tout régler avec lui & demain matin je mene ma
jolie Fanny à ma terre Dogleby.... Quoi Miss
Sterling aussi ! Le diable l'emporte, quelque ora-
ge se prépare.

SCENE X.

STERLING, MYLORD,

MISS STERLING.

STERLING.

VOTRE serviteur, Mylord, je viens vous présenter ma fille, elle va vous communiquer une affaire assez fâcheuse, allons ; parlez à Mylord, Betsy.

MYLORD,

Ses yeux annoncent son chagrin, j'ai toujours lû dans les yeux des Dames, & ceux de Miss découvrent un peu d'émotion. Quels sont vos ordres, Madame ?

MISS STERLING.

Je n'ai que trop de raison d'être agitée, Mylord.

MYLORD.

Je ne puis louer la conduite de mon neveu, il n'en agit pas comme un preux Chevalier, je l'avoue : je sçai son infidélité ; Miss Fanny vient de m'en instruire.

MISS STERLING.

C'est la bassesse de Miss Fanny, qui est l'unique cause de l'inconstance de Sir John.

MYLORD.

Oh pour le coup votre passion vous conduit un peu trop loin, ma chere Miss Sterling: Sir John à beaucoup d'amour pour Miss Fanny, mais croyez

moi, ma chere Miff Sterling, croyez-moi ; Miff
Fanny n'a pas le moindre penchant pour Sir John.
Elle a une paffion, il eft vrai, une paffion bien
tendre ! Mais elle m'a découvert fon cœur & je
connois l'objet de fes affections.

MISS STERLING.

Ce n'eft pas Lovel, affurément, car je fuis
convaincue à préfent quelle feignoit de l'attachement pour lui, afin de mieux cacher fes deffeins fur
Sir John.

MYLORD.

Lovel ! ah bon dieu, le pauvre garçon, elle
ne fonge feulement pas à lui.

Miff STERLING.

Prenez y garde, Mylord, les deux familles pour-
ront bien être trompées par les artifices de Sir
John & la profonde diffimulation de ma fœur ;
vous ne la connoiffez pas, non en vérité, vous
ne la connoiffez pas: une vile, une infinuante,
une fauffe, une perfide créature..... Mais elle
a fçu vous féduire, je parle en vain, je viens trop
tard, vous êtes prévenu contre moi, l'air dont
vous m'écoutez me le prouve. Je ne puis fupporter un traitement fi dur; on refufe de me rendre
juftice, & bien, je fçaurai me la faire moi-même,
je me vengerai, je le jure : oui, Mylord, en dépit de vous & de tout le monde je fçaurai me venger.   (Elle fort.)

SCENE XI.

MYLORD STERLING.

STERLING.

Voilà de mauvaise besogne, Mylord.

MYLORD.

Elle m'a touchée, je suis trop sensible pour résister aux larmes d'une jolie personne.

STERLING.

Eh mais, c'est que cela est touchant, en vérité, bien affligeant pour un pere.

MYLORD.

Oh assurément! vous devez sentir un chagrin inexprimable, Monsieur; ainsi pour vous distraire de cette excessive douleur, j'ai envie d'en éloigner le sujet. Si nous parlions d'affaire, Monsieur Sterling?

STERLING.

De tout mon cœur, Mylord.

MYLORD.

Vous voyez l'impossibilité d'unir nos familles par le mariage proposé?

STERLING.

Et voilà précisément ce qui me fâche.

MYLORD.

Avez-vous un desir véritable de vous allier à ma maison?

COMÉDIE.

STERLING.

C'eſt le plus ardent de mes ſouhaits, ou pour mieux dire c'eſt l'unique vœu de mon cœur.

MYLORD.

Eh bien il peut encore s'accomplir.

STERLING.

Comment ?

MYLORD.

Je veux me marier, me marier dans votre famille.

STERLING.

Avec ma ſœur Heidelberg?

MYLORD.

Miſéricorde, vous me faites venir la peau de poule, Monſieur Sterling, votre ſœur! non c'eſt avec votre fille.

STERLING.

Ma fille!

MYLORD.

Fanny, voilà le mot de l'énigme.

STERLING.

Qui vous? vous, Mylord!

MYLORD.

Oui, moi, moi, Monſieur Sterling.

STERLING, *riant.*

Bon, bon, Mylord, cela ſeroit un peu fort, voyez-vous.

MYLORD.

Un peu fort, je ne puis vous comprendre.

STERLING.

En conſcience, Mylord, épouſer Fanny, vous? la pauvre enfant! Eh puis, que diroit-on ?

112 LE MARIAGE CLANDESTIN,

MYLORD.

Eh que pourroit-on dire?

STERLING.

Que vou savez un grand courage, Mylord, voilà tout.

MILORD.

J'imagine, Monsieur Sterling, que cette mauvaise plaisanterie est une gentillesse dans la Cité.... En un mot, desirez-vous mon alliance, oui, ou non?

STERLING.

Je la desire extrémement, Mylord.

MYLORD.

Je m'explique donc : mon neveu ne veut point de votre fille ainée, je n'en veux pas non plus. Votre seconde fille ne veut point de lui, je vous la demande pour moi même.

STERLING.

Et la prendrez-vous avec la fortune d'une cadette, Mylord?

MYLORD.

De toutes façons, Monsieur, avec une mince fortune, avec rien, si vous le voulez; l'amour est l'idole de mon cœur, le démon de l'intérêt s'anéantit à son aspect : ainsi, Monsieur, comme je viens de vous le dire, je veux épouser votre seconde fille, votre seconde fille veut m'épouser.

STERLING.

Qui vous a dit cela?

MYLORD.

Sa belle bouche, Monsieur.

STERLING.

En vérité?

MYLORD.

MYLORD.

Oui Monsieur, notre tendreffe eft mutuelle : ce changement eft très avantageux pour vous. Vous me rendrez le plus heureux de tous les hommes, votre fille jouïra d'un titre, fera Comtelle; vous, au lieu d'être le beau-pere d'un Baronnet, vous ferez celui d'un Lord, d'un Pair du Royaume !

STERLING.

Mais ma fille aînée, mais ma fœur, que diront-elles ?

MYLORD.

J'arrangerai tout cela, je m'en charge; fi je ne puis leur faire entendre raifon, j'enleverai Fanny en dépit d'elles & de vous, fi vous m'obftinez.

STERLING.

A merveille : ma foi je reviens à mon dire, vous êtes hardi, Mylord; fi avec cette force d'efprit vous aviez au moins mon tempéramment..... Mais je veux bien vous laiffer courir les rifques de l'aventure, pourvû que ma fœur approuve l'affaire.

MYLORD.

Je réponds de Miftriff Heidelberg. A propos, les Notaires, font ici, fignons ce foir les articles, & demain matin nous ferons mariez.

STERLING

Je le veux bien, je vais envoyer Lovel à Londres chercher des papiers dont j'ai befoin pour terminer. Vous vous chargez d'obtenir le confentement de ma fœur ?.... Je vous prie de m'excufer, mais je me donne au diable fi je puis m'em-

H

pêcher de rire..... Quel assemblage ! que va-t-on dire ! *Il sort en riant.*

MYLORD, *seul.*

A quel automate je vais donner le nom de pere ! il n'a non plus de sentiment que l'enseigne de son magazin ; mais les vertus de Fanny me ravissent ; je ne veux m'occuper que d'elle.

SCENE XII.

LOVEL, MYLORD.

LOVEL, *arrive avec empressement.*

PARDONNEZ, si je viens si brusquement... Eh ! quoi, vous êtes seul, Mylord ?

MYLORD.

Non, Mylord, je ne suis point seul, je suis en compagnie, en bonne, en excellente compagnie.

LOVEL.

Mylord.....

MYLORD.

Depuis que mon cœur & mes sens m'ont fait connoître & goûter le plaisir, je ne me vis jamais dans une compagnie plus enchanteresse.

LOVEL.

Avec qui donc êtes vous, Mylord ?

MYLORD.

Avec mon ame, Monsieur.

LOVEL.

Et qui occupe si fortement votre ame, Mylord ?

MYLORD

Oui, Monsieur? mes propres penfées : mille idées fe peignent à mon imagination, l'échauffent; je fuis dans une extafe, dans une yvreffe délicieu-fe; non le délire du fils de Sémélé, les charmes de l'harmonie, l'enthoufiafme des neuf Sœurs, ne caufent point ce raviffement.... Tout ce qu'un mortel nomme bonheur, n'eft rien, comparé à ma félicité.

LOVEL.

Je me réjouïs de vous voir fi heureux.

MYLORD.

Vous aurez lieu de vous réjouir de ma fatif-faction, je ne veux pas fentir feul mon bonheur, il fe répandra fur tous mes amis & vous pou-vez être fûr de le partager.

LOVEL.

Ah je vous entends : vous avez vu Fanny; elle vous a parlé....

MYLORD

Elle a parlé, j'ai entendu, elle fera heureufe, je l'ai réfolu.

LOVEL.

Ah tous mes vœux font comblés !... Et vous daignez, Mylord, excufer la démarche hardie ...

MYLORD

Oh oui, la pauvre fille ! comment auroit-elle fait ? un fort inévitable, le deftin, la néceffité des chofes ....

LOVEL.

Ah! fans doute..... Votre bonté, Mylord, me tranfporte.

H ij

MYLORD.

Elle a produit le même effet sur l'aimable petite, ma foi.

LOVEL.

Elle trembloit, elle n'ofoit découvrir ce fecret, avouer fa tendreffe ?

MYLORD.

Au moins ne l'accufera t-on point d'avoir mal placé fon affection.

LOVEL.

Rien n'eft plus obligeant, Mylord; vous pardonnez donc une témérité....

MYLORD.

Je la pardonne de toute mon ame, Lovel.

LOVEL.

Vôtre générofité me charme ; je craignois que Fanny ne vous révoltat par un aveu...

MYLORD.

Quelle folie ! en plaidant fa caufe devant moi, la beauté trouve toujours un juge indulgent au fond de mon cœur. Fanny eft une charmante fille, Lovel.

LOVEL.

Sa beauté, fes graces font fes moindres avantages ; elle a un difcernement...

MYLORD.

Son choix me le prouve.

LOVEL, s'inclinant.

Ah ! Mylord ; votre bonté ... fon choix eft bien défintereffé !

MYLORD.

Pas tant, pas tant ; l'ambition a pu s'y mêler d'abord ; mais c'eft l'amour qui l'a furement déterminée.

LOVEL.

Si son heureux naturel, si la noblesse de son ame vous étoit aussi bien connue que ses attraits.

MYLORD.

Je suis si parfaitement convaincu de son mérite, je pense si bien, comme vous, au sujet de cette adorable fille, que sans d'ennuïeuses formalités, que les loix rendent indispensables, demain matin, oui, demain matin, j'épouserois Fanny.

LOVEL.

Mylord !

MYLORD.

Par tout ce qui est honnorable dans un homme, par tout ce qui est aimable dans une femme, je l'épouserois, vous dis-je.

LOVEL.

Vous l'épouseriez ! de qui parlez-vous donc ?

MYLORD.

De Miss Fanny, à présent Fanny Sterling, dans peu Mylady, Comtesse d'Ogleby.

LOVEL.

Je reste confus.

MYLORD.

Vous deviez attendre cette suite de son aveu.

LOVEL.

J'étois bien éloigné d'y songer.

MYLORD.

Le commerce & les calculs ont-ils déja détruit votre sensibilité ?

LOVEL, soupirant.

Il s'en faut bien !

MYLORD.

A l'instant où l'amour & l'amitié se sont introduits dans mon cœur, j'ai confenti à baiffer la tête fous le joug ; afin d'abréger les tourmens de la pauvre petite ; me croyez-vous capable d'obliger à demi ? dites Lovel !

LOVEL.

Non, en vérité. (*A part.*) Quel nouvel embarras !

MYLORD.

Qu'eft-ce donc ? vous paroiffez interdit ? Lovel ; pourquoi ne me faites-vous pas compliment fur mon mariage ?

LOVEL.

Moi, Mylord ?

MYLORD.

A propos, Fanny m'a dit que vous m'expliriez je ne fçai quoi. Elle n'avoit pas la force de prononcer tout ce qu'elle vouloit faire entendre ; mais je n'eus jamais befoin d'interprête dans la langue de Cythère.

LOVEL.

Sérieufement, Mylord ; avez-vous une pareille réfolution ! Daignez réfléchir...

MYLORD.

Réfléchir ! moi, dans l'ardeur de ma paffion ! réfléchir !

LOVEL.

Mais confiderez les intérêts de votre neveu.

MYLORD.

Mon neveu ne les confidere pas lui-même, Monfieur.

LOVEL.

Monfieur Sterling refufera fa fille à Sir John.

COMÉDIE. 119

MYLORD.

Sir John a déja refusé la fille de Sterling, Monfieur.

LOVEL.

Comment, que deviendra donc Miff Sterling?

MYLORD.

Que diable cela vous fait-il ! la voulez-vous ? Prenez-la. Après tout , j'imagine la philofophie Mercantille de Monfieur Sterling capable de lui faire fupporter que Mylord Ogleby foit fon gendre à la place de Sir John ; votre bon commerçant peut , je crois , confentir à cet échange fans confulter fon Barême.

LOVEL.

Ce n'eft pas là Mylord, le fujet de ma queftion.

MYLORD.

Ma réponfe à toutes les queftions du monde, la voici : je fuis amoureux d'une belle fille , & je l'époufe.

SCENE XIII.

SIR JOHN, *les Acteurs précédens.*

MYLORD *continue.*

DE quoi s'agit-il , Sir John ? Vous paroiffez auffi preffé qu'un courier dépêché pour porter la nouvelle d'une bataille.

SIR JOHN.

Quelque chofe d'approchant , Mylord ; j'ai

H iv

vraiment livré une bataille, soutenu un long combat, mais j'ai senti qu'un auxiliaire tel que vous, pouvoit seul me donner la victoire. Pour m'expliquer plus sérieusement, ce que je vous dois, mon oncle, ce que je me dois à moi-même, exige de ma part une confidence entiere de mes sentimens.

MYLORD.

Soyez concis, je vous prie ; car je suis sur des épines : demandez à Lovel.

SIR JOHN.

J'éprouve que l'on ne peut vaincre son penchant, ni résister aux mouvemens de son cœur.

MYLORD.

Je suis de votre avis, & pourrois l'appuyer par mon exemple ; n'est-il pas vrai, Lovel ?

SIR JOHN.

La bonté de mon oncle m'encourage à lui dire qu'il m'est impossible d'épouser Miss Sterling.

MYLORD.

Rien ne me surprend moins. Je compare la Demoiselle à un breuvage très amer ; mais comme vous deviez le prendre & non pas moi, je n'avois aucune raison de montrer du dégoût : est-ce tout ?

SIR JOHN.

Il me reste à vous demander la permission de rendre des soins à sa sœur.

MYLORD.

Ah bon Dieu, vous en êtes bien le maître ; avez-vous quelque espérance de ce côté ?..croyez vous qu'il réussisse ; Lovel ?

LOVEL, *gravement.*

Je ne crois pas, Mylord.

COMÉDIE.

MYLORD.

Ni moi non plus ; mais qu'il essaye, qu'il essaye.

SIR JOHN.

Rien ne s'opposant à mes desirs, que la répugnance de Mistriss Heidelberg pour cet échange, si vous daignez m'accorder vos bons offices auprès d'elle, je me crois sûr du succès.

MYLORD.

Gagner Mistriss Heidelberg, ce seroit quelque chose ; mais vous auriez-dû consulter dabord le goût de votre maitresse, c'eut été un moyen de vous épargner bien des peines, des embarras ! n'ai-je pas raison Lovel ? Après tout, faites à votre fantaisie, cela m'est fort égal, & cela me le doit être, n'est-ce pas, Lovel ? (*A Lovel bas.*) Que ne vous mocquez-vous donc de lui, que ne riez-vous à ses dépens ?

LOVEL.

Oh ! je ris autant que je puis rire.

SIR JOHN.

Je puis donc esperer votre appui auprès de Mistriss Heidelberg, vous voudrez bien vous efforcer d'obtenir son aveu pour que j'épouse Miss Fanny ?

MYLORD.

Je vais parler à Mistriss Heidelberg, je lui parlerai de l'adorable Fanny ; soyez sûr de cela.

SIR JOHN.

Tant de générosité m'enchante.

MYLORD.

Pauvre garçon ! qu'il est une bonne duppe ! il n'imagine guere à qui la place s'est rendue.

122 LE MARIAGE CLANDESTIN.

SIR JOHN.

Quoi, mon inconstance ne vous fâche point contre moi?

MYLORD.

Pas le moins du monde; les charmes de Miss Fanny excusent toute espèce d'infidélité, & puis je regarde les femmes comme je ferois les bêtes fauves dans une terre libre. Tout homme peut poursuivre sa proie. Lovel comme vous, vous comme Lovel, moi, comme vous deux on doit chasser sans se nuire; que dites-vous à cela?

SIR JOHN.

Que vous me rendez parfaitement heureux.

MYLORD.

Je le suis plus que vous.

LOVEL, à part.

Moi, plus que tous deux.

MYLORD.

Je le suis au superlatif. Allons donc; j'entends le cor, la bête est lancée; suivez vos traces, moi les miennes. (*Il chante en françois.*) Suivons l'Amour, &c.

Fin du quatrième Acte.

ACTE V.

Le Théâtre repréſente l'appartement de FANNY.

SCENE PREMIERE.
FANNY, LOVEL, BETTY.

FANNY.

POURQUOI venir ſitôt, Monſieur Lovel, tout le monde n'eſt pas encore retiré, Betty eſt certaine d'avoir entendu quelqu'un écouter à ma porte.

BETTY.

Oui, Monſieur; les malins eſprits ſont en campagne, & vous êtes trop bons tous deux, pour eſpérer qu'ils vous épargnent.

LOVEL.

Qui peut être ſi curieux, ſi méchant?

BETTY.

Oh vraiment nous ne manquons, ni d'obſervateurs, ni de méchantes bêtes dans la maiſon; c'eſt moi qui vous l'aſſure.

FANNY.

Elle a raison ; je dois m'attendre à tout. Retournez à la première porte, Betty. Écoutez bien, je vous en prie ; & fi vous entendez quelqu'un dans le corridor, venez vîte nous avertir.

BETTY.

Fiez-vous à moi, Madame: Le ciel vous béniffe tous deux.

SCENE II.

FANNY, LOVEL.

FANNY.

MON pere vous a demandé ce foir, que vouloit-il ?

LOVEL.

Me donner la clef de fon cabinet, & m'envoyer prendre à Londres des papiers concernant Mylord Ogleby.

FANNY.

Pourquoi ne lui avez-vous pas obéi ?

LOVEL.

Ces papiers ne font utiles que pour dreffer les articles de votre mariage avec Mylord Ogleby ; le nôtre fera déclaré demain matin ; à quoi bon aurois-je fait ce voyage ?

FANNY.

Écoutez... n'entendez vous rien ? ô ciel, je fuis toute tremblante. Je fens toutes les terreurs du

crime... Ah ! Lovel , c'en eſt trop , en vérité ,
c'en eſt trop pour moi.

LOVEL.

Vous me communiquez vos frayeurs , ma chere
Fanny ... mais qui peut vous allarmer à cet excès ?
Votre tante & votre ſœur ſont dans leurs appar-
temens , & vous n'avez rien à craindre des autres.

FANNY.

Je crains tout le monde : chaque inſtant augmente mon trouble , mes inquiétudes ; mon ame
eſt continuellement agitée : cet état pénible peut
avoir des ſuites bien fâcheuſes.

LOVEL.

Ah ! ſi je le penſois , j'irois en ce moment pu-
blier notre ſecret dans toute la maiſon. J'aimerois mieux être condamné aux plus durs travaux
pour vous procurer le beſoin de la vie , que de
vous voir en une ſituation ſi dangereuſe ; qu'eſt-ce
que la mépriſable conſidération de la fortune
comparée à votre ſanté , à votre repos ! ah !
Fanny , duſſions-nous être abandonnés de tous
nos parens , nous trouverions dans nos cœurs ,
dans notre tendreſſe le dédommagement de nos
pertes. Je vous le jure , jamais notre union n'eut
été cachée , ſans l'eſpoir de la faire un jour approuver à votre pere , & de vous voir payer moins
cher le généreux ſacrifice que vous avez fait à
l'Amour.

FANNY.

Plus bas, plus bas ; mon cher Lovel ; moderés
cette ardeur ; elle vous rend imprudent ; on peut
nous écouter , nous ſurprendre ... je ſuis tranquille , ſatisfaite , en vérité , je le ſuis. Pardonnez

ma foibleffe, mes fcrupules, ma délicateffe, mon
ame eft paifible à préfent ; fi vous m'aimez, ne
fongez plus à cela.

LOVEL.

Ce mot eft tout puiffant fur moi, il m'impofe
la plus parfaite obéiffance ; ferois-je affez ingrat
pour vous chagriner un inftant ?

SCENE III.

BETTY, & *les Acteurs précédents.*

BETTY.

JE fuis fâchée de vous interrompre.

FANNY.

Qu'eft-ce que c'eft ?

LOVEL.

Avez-vous entendu quelqu'un ?

BETTY.

Oui, oui ; & je fuis fort trompée, fi ce quelqu'un ne vous a pas entendu auffi. Oh ! fi on vous
avoit vus, nous ferions dans un bel embarras.

FANNY.

Eft-ce le tems de tenir d'inutiles propos, Betty ?

LOVEL.

Qu'avez-vous entendu ?

BETTY.

Tenez, Monfieur ; je me préparois, fuivant ma
coutume, à faire un petit fomme.

LOVEL.

Un petit fomme !

BETTY.

Oui, Monsieur; un certain degré d'assoupisse-
ment me rend l'oreille plus fine que je ne l'aurois
toute éveillé. Il passe du vent à travers la serrure;
j'avois mis un mouchoir sur ma tête pour m'en
garentir; tout d'un coup j'ai entendu un certain
petit bruit, un bourdonnement; j'ai cru d'abord
que c'étoit une mouche, j'ai secouée la tête deux
ou trois fois, j'ai fait comme cela avec ma main...

FANNY.

Eh bien.

BETTY.

Eh bien, Madame; quand Monsieur Lovel a
élevé la voix, le bourdonnement a augmenté;
tout doucement, tout doucement; j'ai ôté mon
mouchoir, alors j'ai entendu *bse, bse, bse.*

FANNY.

Que disoit-on?

BETTY.

Je n'ai pu distinguer un seul mot.

LOVEL.

La première porte est-elle fermée?

BETTY.

Oui, Monsieur; j'ai mis les verroux de crainte
d'accident.

FANNY.

Tant pis; ce bruit aura été entendu.

BETTY.

Je l'ai fait exprès; j'ai même toussé bien fort,
comme cela; hem, hem, afin de couvrir la voix
de Monsieur Lovel; Quand je me suis tûe, on a
cessé de parler, & je suis venue vous avertir.

FANNY.

Qu'allons-nous faire ?

LOVEL.

Raſſurez-vous ; le pis qu'il puiſſe arriver, c'eſt de nous découvrir un peu plutôt ; mais Betty s'eſt peut-être trompée, la crainte groſſit les objets, redouble le bruit, peut faire prendre un rat pour un homme.

BETTY.

Oh ! je ſçais diſtinguer un homme d'un rat, tout auſſi bien qu'une autre ; je ne manque pas de diſcernement. Vous avez trop mauvaiſe opinion de mon eſprit, & cela me fâche beaucoup.

FANNY.

Etes-vous folle ? (*A Lovel.*) A préſent que vous l'avez miſe en train de jaſer, elle ne finira pas. Je vais écouter moi-même.

BETTY.

Pour l'attention, le zele, la fidélité, je ne le céde à perſonne.

LOVEL.

J'en conviens, Betty ; je récompenſerai bien-tôt vos ſervices & vos bonnes qualités.

BETTY.

Je ne ſuis pas intéreſſée, Monſieur, je puis vivre de peu ; mais j'aime ma réputation.

FANNY.

Tout paroît tranquille ; ſéparons nous. Je ſerai moins inquiete quand vous m'aurez quittée. De-main nous déclarerons tout à mon pere.

BETTY, *à part d'un ton boudeur.*

Oh ! vous déclarerez ce qu'il vous plaira, pour moi, quand vous aurez tout dit, je me tairai encore.

LOVEL.

LOVEL.

Je ne puis me réfoudre à vous laiffer. Si nous fommes épiés, fi on m'apperçoit, notre fecret eft découvert, & nous perdrons le fruit de nos délais. D'ailleurs nous devons prendre des mefures enfemble ; que Betty fe retire doucement à fa chambre, ferme la premiere porte après elle ; quand elle croira tout tranquille, elle viendra à l'ordinaire me prendre & me faire fortir.

BETTY.

M'en irai-je, Madame ?

FANNY.

De grace, agiffez ce foir à ma fantaifie ; je vous obéirai le refte de mes jours. Pour tous les biens du monde, je ne voudrois pas qu'on vous furprit ici. Si vous defirez m'obliger, laiffez-moi.

LOVEL.

Si je defire vous obliger, ma chere Fanny ! ah ! c'eft à quoi tous les jours de ma vie feront employés. Vous l'ordonnez, je pars.

FANNY.

Écoutons à la porte de crainte de furprife. Betty paffera la premiere ; fi quelqu'un l'arrête...

BETTY.

Ma foi, lui dirai-je ; vous prenez Martre pour Renard ?

FANNY.

Doucement, doucement donc, Betty. Si vous entendez du bruit, ne vous hafardez point à fortir. Prenez garde, je vous en prie ; vous voyez l'effet de notre imprudence, Monfieur Lovel.

LOVEL.

O ma chere Fanny ! l'Amour eft notre excufe.

I

SCENE IV.

*Le Théâtre repréfente un corridor conduifant
à plufieurs appartemens.*

MISTRISS HEIDELBERG, *en bonnet*

de nuit : MISS STERLING.

MISS STERLING.

PAR ici, par ici, Madame, je vous dirai
tout.

MISTRISS HEIDELBERG.

Mais confidérez donc, ma niéce, ... de grace
ne m'entraînez pas, ne m'expofez point ainfi....
Je fuis dans le plus effrayant négligé ; laiffez-moi
le temps de mettre un bonnet, au moins. Si j'étois
rencontrée par les gens de Mylord, fi cet Avocat,
ces Notaires, la moindre perfonne m'appercevoit
je ferois prodigieufement déconcertée.

MISS STERLING.

Mais, Madame, en l'état ou font les chofes, un
moment eft un fiécle, je fuis fûre que ma fœur prépare ma difgrace, ma ruine ; là, dans cette chambre. (*Montrant celle de fa fœur.*) Oh ! elle eft bien
habile, cette méchante Fanny.

MISTRISS HEIDELBERG.

Là, doucement, Betfy ; vous voilà dans une
émotion.... votre ame eft beaucoup trop agitée.

vous n'avez plus, ni tranquillité, ni repos ... modérez-vous, ma chere, car si nous n'opposons la prudence à leur méchanceté, nous causerons un éclat, dont la honte rejaillira sur vous & sur toute la famille.

MISS STERLING.

Qu'ai-je à ménager ? Sir John m'abandonne, me méprise ; Mylord est uniquement rempli de lui-même, ou s'il s'occupe d'un autre, c'est de ma fœur ; mon pere me feroit épouser un Courtier, s'il vouloit me prendre sans dot. Si vous cessez d'être mon amie, Madame, si mon sort ne vous touche plus, si je dois perdre mes espérances, ma consolation, en perdant votre tendresse, j'aime mieux renoncer à tout, laisser jouir ma sœur du fruit de sa trahison, lui voir fouler aux pieds les droits de son ainée, mépriser la volonté de la meilleure des tantes & profiter de la foiblesse d'un pere trop intéressé.

MISTRISS HEIDELBERG.

Calmez-vous Betsy, rappellez votre courage, je suis votre amie, vous l'éprouverez dans toutes les occasions. Mais de grace, ma chere, quittez le ton plaintif, il m'excéde ; il me donne des vapeurs. Allons, remettez-vous, apprenez-moi quelle nouvelle horreur vous avez découverte ?

MISS STERLING.

Peu disposée à dormir, certaine que mon intrigante sœur ne prendroit point de repos sans avoir tout arrangé pour briser mon cœur, inquiéte, je suis sortie de ma chambre, tout m'a paru tranquille dans la maison, j'ai envoyé ma femme de chambre à la découverte : elle est venue me dire

132 LE MARIAGE CLANDESTIN,

qu'il fe tenoit un confeil dans la chambre de ma fœur ; que Betty venoit d'y introduire Sir John, qu'elle l'avoit vu & reconnu.

MISTRISS HEIDELBERG.

Et comment vous êtes-vous conduite en cette embarraffante occafion ?

MISS STERLING.

J'ai voulu m'inftruire par moi-même, j'ai fuivi Nancy, je me fuis approchée de la porte, j'ai entendu la voix d'un homme, fans pouvoir diftinguer ce qu'il difoit. Soyez-en fûre, Madame, Sir John eft actuellement dans la chambre de Fanny, ils prennent des mefures enfemble & fi nous ne les prévenons ils vont fuir & nous échapper.

MISTRISS HEIDELBERG.

Quelle hardieffe ! quelle impudence ! s'emparer du mari de fa fœur, le tenir enfermé dans fa chambre, au milieu de la nuit, cette idée fait frémir !

MISS STERLING.

Doucement, Madame, j'entends du bruit.

MISTRISS HEIDELBERG.

Du bruit, O ciel ! je l'avois prévu, je fuis coeffée comme une folle, laiffez-moi, laiffez-moi aller ma niéce, je ne voudrois pas être furprife dans cet état pour tout l'or des deux mondes.

MISS STERLING.

Il fait nuit, Madame, on ne fçauroit vous voir.

MISTRISS HEIDELBERG.

Ah! bon dieu, une lumiere, un homme, je fuis perdue.

MISS STERLING.

Ce font des valets, retirons-nous un moment.

(*Elles fortent.*)

SCENE V.

NANCY, LA BROSSE, *yvre.*

NANCY.

LAISSEZ-MOI, laiſſez-moi, Monſieur de la Broſſe, en vérité je ſuis prête à mourir de frayeur.

LA BROSSE.

Mais ma douce, mon aimable ſuivante, ſi vous n'avez point d'amour. . . . . écoutez donc la raiſon: cela ne peut faire de mal, ni à vous, ni à votre vertu.

NANCY.

Pardonnez-moi, Monſieur, cela peut m'en faire beaucoup, beaucoup je vous l'aſſûre, laiſſez-moi aller, je vous en prie, ſi l'on vous entend je ſuis perdue, O ciel! je tremble comme une feuille.

LA BROSSE.

On ne peut vous entendre . . . . Si vous êtes perdue, tant mieux, une fille qui ſe perd ſe retrouve avec la fortune. . . . Petite friponne! petite; . . . je vous le dis encore, ſi vous n'avez point d'amour, écoutez donc la raiſon.

NANCY.

Je ſuis ſurpriſe de votre impudence, Monſieur de la Broſſe, me traiter de cette façon, ce n'eſt pas le moyen d'obtenir ma compagnie, je vous le proteſte. Vous êtes un libertin, & quand vous ſortez de table vous ne craignez rien.

I iij

LA BROSSE.

Rien, je le jure, que vos rigueurs. O la plus charmante des soubrettes ! J'ai un peu bu, c'est la vérité : je ne suis point accoûtumé à ce vin de Porto ; celui de votre maître est si fumeux qu'il renverse aisément un homme habitué au Bourgogne.

NANCY.

Finissez, finissez donc, vous êtes un brutal, ah Seigneur que deviendrai-je, me voilà perdue.

LA BROSSE.

Ne vous inquiétez pas, sur mon honneur je prendrai soin de vous.

NANCY.

Vous êtes un faquin, ne me tourmentez point, finissez ou je vais crier : voilà l'appartement de Miss Sterling, celui de Miss Fanny, celui de Mistriss Heidelberg.

LA BROSSE.

Et celui de Mylord, & celui de Mylady.....
Qu'est-ce que cela me fait à moi, quand je suis de sang-froid je ne m'embarrasse guere de tous ces gens là : imaginez si je m'en soucie quand je suis animé par Bacchus & l'Amour ?

NANCY.

Cela est honteux à vous, Monsieur de la Brosse. .... Arrêtez-vous donc, vous m'effrayez, vous n'avez point de modestie.

LA BROSSE.

De la modestie.... j'en ai .... j'en ai beaucoup ; Selon le cas & les personnes. Par exemple, je révére Miss Fanny, c'est un délicieux morceau, digne de la bouche d'un Prince..... Malgré mon horreur pour le mariage, je pourrois bien me résoudre à l'épouser..... Mais pour sa sœur...

SCENE VII.

Les Acteurs précédens.

MISS STERLING, MISTRISS HEIDELBERG, *dans l'enfoncement du Théâtre.*

MISS STERLING.

ENTENDEZ-VOUS, ils font tous d'accord.

NANCY.

O ciel! j'ai entendu quelque chose,

LA BROSSE.

Ce font les rats qui rongent la vieille boiferie de cette exécrable mafure. Si cette maudite maifon m'appartenoit, je la jetterois bas, comblerois votre abominable grenouillere de canal avec les décombres, & l'un & l'autre iroient à tous les mille diables.

NANCY.

Ah! bon dieu, comme vous blafphêmez, vous allez faire abîmer la maifon fur nos têtes.

LA BROSSE.

N'importe, nous aurons bien le temps de.... Mais, comme je le difois, cette fœur, cette Miff Jezabelle.....

NANCY.

Eft une jeune, une belle perfonne, en dépit de votre mauvaife langue.....   I vi

LA BROSSE.

Nous n'en voulons plus, nous en ſommes dé-
goutés, à moins qu'elle n'epouſe notre vieux ſuiſſe,
point de mari pour elle parmi nous ; non, nous
ſommes délicats, afin que vous le ſçachiez.

NANCY.

Vous ne reſpectez rien, vous parlez comme un
vrai ſcélérat, comme un démon.

LA BROSSE.

Oh ! oh ! vous me connoiſſez ; mais oui je ſuis
aſſez enclin au vice, & tenez, ſi vous n'avez pitié de
moi, dans mon déſeſpoir, je ſuis capable d'enfoncer cette porte, de me ſaiſir de Miſtriſſ Heidelberg, de l'enlever....... Et...

MISTRISS HEIDELBERG, *s'avançant.*

M'enlever, moi ! Je frémis de l'attentat : l'in-
fâme !

NANCY.

Je ſuis perdue !

LA BROSSE.

* Par tout ce qui eſt monſtrueux ; c'eſt elle-
même !   (*Il s'enfuit.*)

---

* L'Actrice qui joue Miſtriſſ Heidelberg, eſt prodigieuſement graſſe.

SCENE VII.

MISS STERLING, MISTRISS HEIDELBERG, NANCY.

MISS STERLING.

ON vous tenoit ici de jolis propos, Nancy.

MISTRISS HEIDELBERG.

Une fille, être feule au milieu de la nuit, avec un malheureux, un yvrogne!

MISS STERLING.

Allons effayez de vous juftifier.

NANCY.

Je fuis fi effrayée, fi honteufe..... mais je fuis fage, Madame, en vérité je le fuis.

MISTRISS HEIDELBERG.

Allons, ne tremblez point, apprenez-nous tout ce que vous avez découvert de cette horrible confpiration.

MISS STERLING.

Avouez tout, on vous pardonnera.

NANCY.

Oh Madame! n'exigez pas que je trahiffe mes camarades, je ne dormirois pas tranquille fi j'avois un tel crime à me reprocher.

MISTRISS HEIDELBERG.

En ce cas vous ne coucherez pas ici demain.

NANCY.

Ah bon dieu! comment faire?

MISTRISS HEIDÉLBERG.

Ne me cachez rien, ou je vous chasse à l'instant.

NANCY.

Eh bien, Madame, Monsieur le sommelier nous a régalés ce soir; Monsieur de la Brosse est la cause de l'espèce de petite fête que l'on a fait à l'office.

MISS STERLING.

Une fête, à propos de quoi?

NANCY.

Pour en faire une, je crois.

MISS STERLING.

Mais la raison de cette gayeté?

NANCY.

A propos du changement arrivé, dit-on, dans la famille. Monsieur de la Brosse a dit que Sir John épousoit Miss Fanny....

MISS STERLING,

Et vous avez l'insolence de vous réjouir à ce sujet?

NANCY.

Je ne me suis point réjouie, Madame.

MISTRISS HEIDELBERG.

Et ne sçavez-vous rien du projet de Sir John? avez-vous entendu dire qu'il vouloit fuir avec elle, cette nuit?

NANCY.

Non, en vérité, Madame.

MISS STERLING.

Sçavez-vous qu'il est actuellement dans sa chambre?

NANCY.

Je veux mourir tout a l'heure si je le sçai.

MISTRISS HEIDELBERG.

Ah, je vais finir tout ceci, moi; courez à l'appartement de mon frere.

NANCY.

Il est bien tard, Madame.

MISTRISS HEIDELBERG.

Je ne m'embarrasse pas de l'heure; dites-lui que les voleurs sont ici, que le feu est à la maison, qu'il vienne, qu'il se hâte, allez vîte, courez, volez.

NANCY, *en sortant.*

Ah! j'y vais, mais je suis à demi morte de peur.

SCENE VIII.

MISTRISS HEIDELBERG, MISS STERLING, BETTY.

MISTRISS HEIDELBERG.

TENEZ-vous de ce côté, ma chere; je ne quitterai pas celui-ci; opposons la ruse à la ruse; unissons-nous pour détruire cet infernal complot.

MISS STERLING.

Je sens autant de plaisir à me venger, que j'en aurois eu à me voir Comtesse ... on ouvre la porte; écoutez.

(*La porte s'ouvre, Betty paroît avec une lumiere.*)

BETTY.

Venez , venez , Monfieur ; il n'y a plus perfonne ... attendez , attendez ; on nous guette , je
crois.

*(Elle referme la porte , & met la clef
dans fa poche.)*

MISS STERLING *faififfant Betty.*

Oui ; on vous guette , Miff Betty.

BETTY.

Que voulez-vous de moi , Madame ?

MISS STERLING.

Mon pere & ma tante vous en inftruiront, Mademoifelle ; vous leur conterez tout.

BETTY.

Je ne fçais point faire des contes , Madame , je
fuis honnête fille ; je ne crains rien , je ne fçais
rien, je ne dis rien : oh ! l'on ne me fait pas parler,
voyez-vous.

MISS STERLING.

Voilà une belle fermeté , Betty ! elle ne me
furprend point en vous. Quand on eft chargée de
certains fecrets , on doit avoir autant de hardieffe
que de difcrétion.

BETTY.

Ma maitreffe ne fe repentira jamais de la bonne
opinion qu'elle a eu de moi , Madame.

SCENE IX. & derniere.

STERLING, les Acteurs précédents.

STERLING.

QUE diable me veut-on ? Pourquoi me troubler de cette sorte ? De quoi s'agit-il ?

MISS STERLING.

Cette fille que je viens de saisir, peut vous l'apprendre, Monsieur.

MISTRISS HEIDELBERG.

Quoi ! ne sçavez-vous rien de cette abominable méchanceté ?

STERLING.

Moi ; pas la moindre chose. J'étois dans mon petit cabinet, les Notaires venoient de se retirer ; j'avois la tête à moitié perdue à force d'examiner les papiers de Mylord Ogleby, je vois entrer une sotte créature, respirant à peine ; elle me parle de voleurs, de feu, de meurtre, de violence...

MISTRISS HEIDELBERG.

Ah ! la violence n'est pas à craindre, les parties sont d'accord, je vous en répons.

MISS STERLING à Betty.

Qui est dans cette chambre ?

BETTY.

Ma Maitresse, Madame.

MISS STERLING.

Mais qui est avec votre Maitresse ?

BETTY.

Eh, qui pourroit-ce être ?

MISS STERLING.

Ouvrez la porte, que nous le voyons.

BETTY.

La porte n'eft pas fermée, Madame. *(A part.)* J'aimerois mieux mourir que de fervir de témoin contre ma Maitreffe. *(Elle s'enfuit.)*

MISS STERLING *qui effaye d'ouvrir la porte.*

La porte n'eft pas fermée, dit elle ; & l'infolente a la clef dans fa poche.

MISTRISS HEIDELBERG.

C'eft à l'école de votre fille, mon frère, que l'on acquiert cette impudence.

STERLING.

Morbleu, que voulez-vous dire ? Vous préfentez un total fans produire les articles.

MISTRISS HEIDELBERG.

Sir John Melvil eft actuellement enfermé dans la chambre de votre fille. Premier article.

STERLING.

Au diable ! l'article eft faux.

MISTRISS HEIDELBERG.

Et c'eft depuis affez de tems qu'il y eft, mon frere.

STERLING.

Item.

MISTRISS HEIDELBERG.

Item, item ! je puis dire pis encore. Il faut éveiller tout le monde, que Mylord furprenne fon neveu, que toute la maifon le voye.

STERLING.

Gardez vous en bien, ma sœur. Ne nous expofons pas à cette honte. Il faut agir en fecret... laiffez-moi feul. Si le Baronnet eft avec Fanny, je les marie au point du jour.

MISS STERLING, *furieufe.*

Les marier! oh! la patience m'échappe. En me retirant votre affection, Monfieur, vous m'invitez à vous défobéir. Un pere, fans tendreffe, rend fes enfans dénaturés. Il eft en mon pouvoir de me venger, je veux me fatisfaire; fi ces deux perfides avoient fuis, je reftois expofée à la rifée du public; mais c'eft à leurs dépens que l'on rira. A l'aide, à l'aide! au voleur, au voleur!

MISTRISS HEIDELBERG.

Comme il te fait, fais lui; vous avez raifon, Betsy.

STERLING.

Ventrebleu, vous allez tout gâter! voulez-vous éveiller tout le monde! Cette fille a le diable au corps, je crois.

MISTRISS HEIDELBERG.

C'eft bien vous qui en êtes poffédé, mon frere. Je fuis honteufe de vos principes; quoi! vous approuvez que votre fille s'enferme avec le mari de fa fœur? A l'aide, au fecours, au voleur!

STERLING.

Ma fœur, je vous prie ... ma fille, je vous commande ... fi vous n'avez point d'égards pour moi, ayez-en au moins pour vous-mêmes. Ne perdons pas l'occafion d'annoblir notre fang, & de gagner plus de vingt pour cent...

MISS STERLING.

Par mon humiliation, par le triomphe de ma fœur ? Mon courage m'éleve au-deſſus d'une ſi baſſe conſidération ; & pour vous montrer qu'un vil intérêt ne me domine pas, je vais redoubler mes cris. A l'aide, au ſecours, au voleur ; à l'aide.

STERLING.

Ménagez vos poulmons, mes Dames ; tout le monde vous a entendu. Les femmes pour l'ordinaire ſont peu diſcrettes, mais quand la paſſion s'en mêle, elles bruleroient la maiſon, elles ſe bruleroient elles-mêmes, plutôt que de renoncer au plaiſir d'être vengées.

CANTON, *entrant en robbe de chambre.*

Le diable ! pourquoi le tintamare de ce bruit ?

STERLING.

Demandez à ces Dames, c'eſt elles qui le font.

MYLORD OGLEBY, *ſans paroître.*

La Broſſe, la Broſſe ; Canton, où êtes-vous ? Qu'eſt-ce que c'eſt ? Où êtes-vous donc ?

(Il ſonne.)

STERLING.

C'eſt Mylord qui appelle, Monſieur Canton.

CANTON, *s'en allant.*

Moi viens, Mylord.

FLOWER *appelle ſans ſe montrer.*

De la lumiere ici. Quoi, pas un valet ? donnez-nous donc de la lumiere.

STERLING.

Des lumieres ici ; donnez de la lumiere à ces Meſſieurs.

(Il ſort.)

MISTRISS

MISTRISS HEIDELBERG, *à sa Niece.*

Mon frere s'anime ; je vois qu'il fent ; le tour de votre fœur va venir.

MISS STERLING.

Oui ; laiffons le cercle s'étendre. Cet éclat eft mon unique confolation.

STERLING *rentre, éclairant l'Avocat & les Notaires.*

Par ici, Meffieurs, par ici.

FLAWER *avec une botte & une pantoufle, tout en défordre.*

Point de danger, j'efpere, Monfieur Sterling ? Ont-ils enfoncés les portes ; êtes-vous préparé pour repouffer l'attaque ? Je fuis fort alarmé. Dans le tems des * tournées, les voleurs ne nous ména-gent gueres ; nous autres, gens de Loi.

TRAVERSE.

Point de danger, Monfieur Sterling ; point de délit, j'efpere ?

STERLING.

Aucuns, que de la façon de ces Dames.

MISTRISS HEIDELBERG.

Vous ferez confondus, Meffieurs, d'appren-dre que toutes vos peines, pour dreffer les articles du contrat de cette jeune Dame, font très-inuti-lement prifes. Sir John Melvil eft actuellement enfermé avec fa fœur.

FLOWER.

La chofe eft un peu extraordinaire ; mais à

---

* Tems ou douze Juges parcourent les provinces ; cela fe fait deux fois l'année, & s'appelle en Anglois *circuit.*

K

quoi bon nous éveiller en sursaut pour cela, on
pouvoit remettre le jugement de la cause à demain matin.

MISS STERLING.

Oui, mais demain matin vous n'auriez peut-être
pu nous servir ; les oiseaux qui sont en cage pou-
voient s'en voler.

MYLORD OGLEBY *en robbe de chambre, en*
bonnet de nuit, appuyé sur Canton.

J'aimerois autant perdre un de mes membres
que le repos de la nuit ; à qui en avez-vous, vous
autres ?

STERLING.

Fort bien ; voilà Mylord aussi.

MYLORD.

Pourquoi ces cris, ces heurlemens ... où est mon
Angélique Fanny ? J'espere qu'il ne lui est arrivé
aucun mal.

MISTRISS HEIDELBERG.

Votre Angélique Fanny est enfermée dans
cette chambre, avec votre angélique neveu,
Mylord.

MYLORD.

Mon neveu ! si cela est, je veux être deshonoré.

MISTRISS HEIDELBERG.

Votre neveu, Mylord, vouloit enlever Fanny,
Fanny vouloit se laisser enlever par votre neveu,
& si nous n'avions pas observé leurs mouvemens,
éveillé toute la maison, ils seroient à présent sur la
route d'Écosse.

MYLORD.

Ecoutez, Mesdames ... je sçais que Sir John
ressent une violente passion pour Miss Fanny ;

mais je fçais aussi que Miss Fanny ressent une violente passion pour un autre, & je connois si bien la droiture de son cœur, la force & la pureté de son affection, que je suis prêt d'engager ma fortune, mon honneur & ma vie pour ses intérêts. Je la protegerai dans ses amours ; je puis le faire ; n'est-ce pas, Monsieur Sterling. Qu'en dites-vous ?

STERLING.

Assurément, Mylord ... ces femmes avec leur beuglemens, ont détruit tous mes projets.

MYLORD.

Tenez, en un clin d'œil je vais tout arranger. Si ces Dames veulent bien rester tranquilles, si Monsieur Sterling défend Miss Fanny contre la violence, je m'engage à lui faire abandonner son oreiller, en lui disant un seul mot par le trou de la serrure.

MISTRISS HEIDELBERG.

Les horribles créatures ! je prétends, Mylord, que la porte soit enfoncée.

MYLORD.

Point de précipitation, je vous en prie ; permettez-moi de faire l'expérience proposée.

(Il va à la porte de Fanny.)

MISS STERLING.

Qu'arrivera-t-il de tout ceci ? le cœur me bat.

BETTY *entre ; montre la clef, & s'adresse au Mylord.*

Il n'est pas nécessaire d'enfoncer la porte, Mylord ; nous n'avons rien à nous reprocher, rien

K ij

ne peut nous faire rougir , & ma Maitreſſe eſt en état de répondre à ſes ennemis.

MISTRISS HEIDELBERG.

L'impudence en perſonne !

MYLORD.

Le myſteré augmente. (*A Betty.*) Dame de la chambre, ouvrez la porte , entrez , priez Sir John Melvil ; car ces Dames prétendent que vous le trouverez , priez-le de comparoître , de venir répondre , expoſer ſa conduite , juſtifier ſes crimes. Que Sir John ſe préſente à la Cour.

SIR JOHN *entrant de l'autre côté.*

Me voici , Mylord.

MISTRISS HEIDELBERG.

Épouvante !

MISS STERLING.

Étonnement !

SIR JOHN.

D'où s'élevent ces alarmes, ce bruit, cette confuſion , tout eſt en tumulte ici ; m'en direz-vous la raiſon ?

MYLORD.

Parce que vous avez été dans cette chambre ; parce que vous y êtes en ce moment ; ces Dames le jurent , allons , ne le niez pas.

TRAVERSE.

Folie ; l'alibi eſt clair , très prouvé , je vous l'aſſure.

FLOWER.

Clair comme le jour.

MYLORD.

Mes Dames, si vous avez souvent de ces fantaisies, il seroit réellement très agréable, je crois, de passer une saison à la campagne avec vous. (*A Betty.*) Mais allons, ouvrez la porte, & suppliez votre aimable Maitresse de venir dissiper tous nos doutes par son riant aspect.

BETTY *ouvrant la porte, & parlant à Fanny.*

Madame, on vous desire ici.

(*Fanny se montre, & paroît confuse.*)

MISS STERLING.

Voyez-vous, elle est encore habillée, & remarquez la confusion où la voilà !

MISTRISS HEIDELBERG.

Toute prête à plier bagage, à décamper.

FLOWER.

Silence au bareau, Mesdames.

FANNY.

Je suis confuse, il est vrai, Madame, je le suis.

MYLORD.

Ne vous laissez point abatre, mon éclatant lys ; mais avec cette charmante modestie qui vous distingue, déclarez l'état de votre ame, portez la conviction dans leur esprit, & le ravissement dans mon cœur.

FANNY.

Je suis en ce moment la plus malheureuse ... la plus désolée ... ces mouvemens sont trop violens, mon cœur ne peut résister ... je n'ose révéler un secret ... ce mystere voilé, cause ma peine, ma douleur ... ma ... ma...

(*Elle s'évanouit.*)

MYLORD.

Elle perd connoissance ; aide, secours pour la plus belle, pour la plus excellente des femmes.

BETTY, *courant d sa Maitresse.*

Oh ma chere Maitresse ! aide, aide ; secourez-là.

SIR JOHN.

Ah ! je vole à son secours,

LOVEL , *sortant précipitamment de la chambre de Fanny.*

Miss Fanny en danger ! je ne puis me contraindre plus longtems , la prudence seroit un crime en ce moment , tout autre soin cede à celui de la secourir. Parle , parle-moi , ma très-chere Fanny ; ah ! que j'entende le son de ta voix ; ouvre tes yeux, rends-moi la vie en m'assurant que tu respire.

MISS STERLING.

Lovel ! je suis satisfaite.

MISTRISS HEIDELBERG.

Cette aparition me foudroye.

MYLORD.

Je suis pétrifié.

SIR JOHN.

Je suis perdu.

COMÉDIE.

FANNY, *revenant à elle.*

Oh! Lovel, je n'ose lever les yeux fur mon pere ; je n'ose regarder Mylord.

STERLING, *à Lovel.*

Comment ! vous ici... ne vous avois-je pas envoyé à Londres, Monfieur ?

MYLORD.

Eh mais ... mais ... cela me paffe... A quel titre, de quel droit, Lovel, avez-vous été la plus grande partie de la nuit enfermé dans la chambre de Miff Fanny ?

LOVEL.

Par un droit qui me rend le plus heureux des hommes, par un titre que je ne changerois pas pour tous ceux dont notre augufte Monarque daigneroit m'honorer.

BETTY.

Oh ! je perdrai les yeux à force de pleurer, tant la nobleffe de fon cœur m'attendrit.

MYLORD.

Je fuis anéanti.

STERLING.

La furprife & la rage m'ont rendu muet ; mais à préfent je puis parler. Morbleu, Lovel, qu'avez-vous à me répondre ? Vous êtes un infame ! vous m'avez manqué de parole.

FANNY.

Il ne mérite pas ce reproche. Quand vous lui

avez défendu de penſer à moi , il étoit mon mari depuis quatre mois.

STERLING.

Donc il ne reſtera pas quatre heures chez moi. Quelle trahiſon , quelle baſſeſſe ! pour vous , Madame , vous vous repentirez de cette démarche auſſi longtems que vous vivrez.

FANNY.

Trop foible , j'ai vainement combattu mon penchant ; mais, Monſieur, vous ne pouvez concevoir combien j'ai ſouffert de peines, mon cœur m'a continuellement reproché ma déſobéiſſance & ſi vous ne me pardonnez pas , je ſuis malheureuſe pour jamais.

STERLING.

Monſieur Lovel , ſortez tout à l'heure de ma maiſon. (*A Fanny.*) Et vous Madame , ayez la bonté de le ſuivre.

MYLORD.

Et s'ils ſortent de votre maiſon , je les recevrai dans la mienne. Écoutez , Monſieur Sterling , un mal entendu , pluſieurs mépriſes , nous ont mis tous dans l'embaras : pour notre propre intérêt nous ferons bien de n'y plus ſonger, & le meilleur moyen de les oublier c'eſt d'en pardonner la cauſe , ce que je fais de toute mon ame. Pauvre Fanny ! j'ai juré de protéger ſes amours , c'eſt une dette d'honneur, elle doit être acquitée. Mon ſerment ne vous lieroit pas, peut-être, car vous autres Citadins,
vous

vous ne foldez jamais un compte, fans ces mots prudens: *erreur exceptée*.

STERLING.

Je fuis pere, Mylord, & pour l'amour des autres peres je dois un exemple de févérité il ne faut pas en pardonnant, encourager d'infolentes filles à difpofer d'elles-mêmes fans l'aveu de leurs parens.

LOVEL.

J'efpere, Monfieur, que votre indulgence produira un autre effet. Celles qui penfent comme ma Fanny, frémiffent à l'idée même du vice, & en apprenant à quels chagrins une feule indifcrétion l'a expofée, elles feroient bien éloignées d'être encouragées par fon exemple.

MISTRISS HEIDELBERG.

Indifcrétion, dit-il? Un joli mot vraiment pour exprimer *défobéiffance*.

MYLORD.

A mon égard j'aime trop à céder à mes paffions, pour me rendre le tyran de celles des autres. Pauvres enfans je les plains! Allons, pardonnez Monfieur Sterling, fouffrez qu'on amoliffe un peu votre cœur de diamant.

STERLING.

Bien, bien, il eft vrai..... Mylord, Lovel eft votre parent, c'eft une raifon.... Que dites-vous à cela, ma fœur?

L

MISTRISS HEIDELBERG.

C'eft une fille abîmée, je lui pardonne.

STERLING.

Eh bien je lui pardonne auffi, & tout eft fini.

MYLORD.

Mais Lovel qui vous rend muet à préfent ?

LOVEL

Votre bonté, Mylord ; j'en crois à peine mes fens; ils font émus par l'Amour, la joie & la recon-noiffance. J'ai toujours dû vous refpecter ; mais en ce moment je me fens lié pour jamais à vous chérir, à vous révérer. (*A Sterling.*) Vous, Mon-fieur, fi ma vie employée à vous fervir, fi mes foins, mes attentions, une tendreffe vraiment filiale peuvent compenfer mon peu de fortune, vous ne vous repentirez point de la faveur que vous venez de m'accorder ; vous, Mefdames, j'efpere qu'à l'avenir vous ne me foupçonnerez plus d'artifice, je mettrai mon bonheur à vous plaire, à mériter votre eftime & votre amitié : pour vous, Sir John. . . .

SIR JOHN.

Ne me dites rien. Vous ne me devez point d'excufes, & l'ignorance où j'étois de votre fitua-tion, eft la mienne. Si vous m'aviez traité avec plus de confiance, vous nous auriez épargné bien des chagrins à tous les trois. Ni caprice, ni lé-gereté ne m'ont fait agir, croyez-le ; à préfent mon amour doit ceffer. Je fuis trop fenfible pour n'être pas affligé du rôle que je joue. Mais j'ai trop d'honneur pour ne pas me réjouir de votre bonheur.

LOVEL.

A préfent, ma chere Fanny , nous paroiffons deux Etres parfaitement heureux ; cependant toute notre félicité peut s'évanouir. Si la générofité de Mylord , fi la condefcendance de votre pere n'eft pas fuivie de l'indulgence & de l'approbation de ces Meffieurs , nos premiers bienfaicteurs.

FIN.

APPROBATION.

J'AI lû par ordre de Monfeigneur le Vice-Chancelier , le *Mariage Clandeftin, Comédie* , & je crois qu'on peut en permettre l'impreffion. A Paris le 20 Juin 1768.

MARIN.